Kindheit. Kein Kinderspiel

Ulla Schacht

Kindheit. Kein Kinderspiel

Erzählung

Bibliografische Information der Deutschen National-bibliothek:
Die Deutsche Nationalbibliothek verzeichnet diese Publikation in der Deutschen Nationalbibliografie; detaillierte bibliografische Daten sind im Internet über http://dnb.dnb.de abrufbar.

Dank an Birgit Siuts für ihre Hilfe!

Herstellung und Verlag: BoD – Books on Demand, Norderstedt

ISBN: 978-3-7481-7232-1

Die beiden Kinder saßen eng aneinandergeschmiegt im Bett des Mädchens. Der kleine Junge zitterte. "Schschsch...", versuchte die große Schwester ihn zu beruhigen. "Sie haben sich doch schon so oft gestritten!", flüsterte sie. "Sie hören auch wieder auf. Das weißt du doch, Fiete."
Aber der Junge hörte nicht auf zu zittern. "Und wenn Mama wirklich weggeht?", schluchzte er. "Ich hab Angst!"
Die Schwester drückte ihn an sich.
"Schschsch..." Sacht wiegte sie ihn hin und her. Sie wusste doch auch keine Antwort. Sie hatte doch auch Angst, aber das durfte sie dem kleinen Bruder nicht zeigen. Sie war schon neun, sie war ein großes Mädchen. Wenn sie nur die Nachttischlampe anmachen könnte. Aber das war verboten. Durch die Vorhänge des Kinderzimmers drang nur die fahle Nachthelle herein. Straßenlaternen gab es in ihrem Dorf nicht. Eine Tür wurde zugeschlagen, und danach waren die streitenden Stimmen nur noch gedämpft zu hören. Aber doch immer noch so erschreckend. Viel zu laut. Die polternde, drohende Stimme des Vaters. Die schrille Stimme der Mutter.
Johanna summte leise eins von den Liedern, die ihre Mutter ihnen vorsang. Allmählich beruhigte sich ihr

kleiner Bruder. Er sank an ihre Schulter. Eingeschla-
fen.

Sacht ließ sie ihn aufs Kopfkissen gleiten.

Hoffentlich wachte sie morgen früh zeitig genug auf,
um ihn in sein eigenes Bett zu schicken. Den Ge-
schwistern war streng verboten, zusammen in einem
Bett zu schlafen.

Johanna betrachtete den Kleinen. Fünf war er jetzt,
der kleine Fiete. Auch Mama nannte ihn so. Nur Vater
sagte Karl-Friedrich zu ihm. Aber so ein erwachsener
Name, der passte doch gar nicht zu so einem Knirps.
Wie süß er war, mit seinen weichen hellen Löckchen.
Vorsichtig streckte sich Johanna neben dem kleinen
Bruder aus. Sorgfältig zog sie die Decke über seine
Schultern, damit er nicht fror.

Immer noch waren die streitenden Stimmen der Eltern zu hören.Jetzt - die harten Schritte des Vaters im
Flur, dann klappte die Haustür.

Endlich schlief das Mädchen ein.

Einmal wurde Johanna wach. Ihre Mutter stand am
Fußende des Bettes. Sie stand da, bewegungslos, und
sah zu Johanna hin. Als sie bemerkte, dass das Mädchen etwas sagen wollte, legte sie den Finger auf die
Lippen.

Kein Streicheln für Fiete. Kein Streicheln für Johanna.
Sie starrte noch einen Augenblick auf die Kinder. Im

nächtlichen Dämmerlicht sah ihr Gesicht bleich aus. Weinte sie?

Schließlich drehte sie sich um und verließ das Zimmer. Lautlos schloss sie die Tür.

Johanna wusste später nicht mehr, ob das wirklich so gewesen war. Oder ob sie das geträumt hatte.

Es war hell, als sie erwachte. Erschrocken fuhr sie hoch.

"Fiete!" Sie rüttelte den kleinen Bruder. "Los! Rüber!" Doch ehe Fiete sich schlaftrunken aus der Decke gewühlt hatte, wurde die Zimmertür aufgerissen.

"Los! Aufstehen! Beeilung!" Vaters Befehlsstimme. Laut. Energisch. Und offensichtlich war er schlecht gelaunt. Johanna hatte ein Gespür für seine Befindlichkeit.

Angst stieg in ihr auf. Eigentlich war es doch Mama, die sie weckte.

Kein Wort darüber, dass Fiete sich in ihrem Bett befand. Die Tür schlug krachend hinter ihm zu.

Fiete sah erschrocken zu ihr auf, Angst in den Augen. "Warum kommt Mama nicht?" Er begann zu weinen.

"Weiß nicht." Johannas Hände zitterten, als sie den großen weißen Krug vom Boden hob und vorsichtig Wasser in die emaillierte Schüssel goss, die auf einem Schemel stand. Sie half Fiete, Gesicht und Hände zu waschen. Während er sich leise weinend abtrocknete, wusch sie sich ebenfalls das Gesicht und zog sich schnell an.

"Hör auf zu weinen!", flüsterte sie. "Du weißt doch, Papa kann das nicht leiden und..." Sie schlug mit der flachen Hand durch die Luft. Fiete verstand.

Johanna half ihm beim Anziehen.Wieder summte sie eine Melodide. Die Musik machte sie ruhiger.

Sorgfältig kämmte sie den Bruder und sah ihn prüfend an. Hemd richtig geknöpft. Die gestrickte Hose ziemlich sauber. Gut.

Aber was sollte sie bloß mit ihren eigenen Haaren machen? Mama müsste längst gekommen sein, um ihr Haar zu zwei langen Zöpfen zu flechten. Egal. Sie kämmte sich und strich das Haar streng hinter die Ohren. Hoffentlich blieb es da.

"Warte!" Schnell brachte sie das Wasser weg und schütte es ins Klo. Als sie wiederkam, schimmerten schon wieder Tränen in Fietes Augen.

"Nicht!", flüsterte sie ihm zu. "Sonst gibt's gleich wieder Haue. Bestimmt ist Mama in der Küche."

Sie ahnte, dass das nicht stimmte. Sie war ja schon groß. Zwar verstand sie die Erwachsenen nicht immer, aber wenn etwas nicht stimmte. spürte sie das.

Sie band ihre Schulschürze um. Fühlte nach dem Taschentuch in der Schürzentasche.

"Komm!" Hand in Hand gingen die Geschwister über den Flur zur Küche.

Keine Mama.

Auf dem Tisch war für drei Personen gedeckt. Drei Tassen - Erwachsenentassen vom Alltagsservice mit den winzigen roten Sternchen. Nicht Fietes Hasentasse. Nicht Johannas Veilchentasse. Holzbrettchen. Margarine, der graue Steintopf mit Pflaumenmus. Bestecke. Vier Brotschnitten im Körbchen, viel zu dick geschnitten, das sah Johanna sofort. Kein Blumensträußchen. Wortlos nahmen die Kinder ihre Plätze auf der Eckbank ein und warteten auf den Vater. Johanna griff nach dem Krug und goss ihnen Milch ein.

"Wo ist Mama?" In Fietes Stimmchen schwang Angst. Seine Mundwinkel zuckten. "Fiete!", zischte Johanna warnend, denn die Schritte des Vaters näherten sich der Küchentür.

Dann stand er vor ihnen. In Hemdsärmeln und Strickweste. Ein mächtiger Mann. Viel zu groß für die kleine Küche.

In der rechten Hand hielt er einen Briefumschlag, mit dem er nervös auf die Linke trommelte.

"Eure Mutter hat uns verlassen!", sagte er trocken, als wäre es die Ankündigung des normalen Tagesablaufs. "Sie wird nicht wiederkommen. Von ihr wird in dieser Familie nicht mehr gesprochen werden."

Er setzte sich auf seinen Platz, legte den Umschlag ab und goss sich Kaffee ein. Probierte und verzog angewidert das Gesicht.

"Übermorgen wird Tante Hertha kommen und sich kümmern."

Jetzt erst schien er die Kinder wirklich wahrzunehmen. Sein Blick ging prüfend über die Geschwister. Zwischen seinen Augenbrauen erschien die Zornesfalte. "Johanna! Warum sind deine Zöpfe nicht ordentlich geflochten?"

"Das hat doch immer...ich meine...ich wollte sagen...", flüsterte das Mädchen angstvoll, "ich kann das nicht, Vater."

Der Vater stutzte. "Ach ja. Natürlich. Binde die Haare hinten ordentlich zusammen, irgendwie. Das wirst du wohl schaffen." Hastig trank er seinen Kaffee aus und stand auf. "Hier den Brief gibst du deiner Lehrerin. Du wirst zu spät zur Schule kommen, weil du Karl-Friedrich in den Kindergarten bringen musst. Beeilt euch. Ich hoffe, dass alles klappt. Vergiss die Schlüssel nicht." Schon war er weg. Die Haustür fiel ins Schloss. Die Kinder tranken ihre Milch aus. Dann band Johanna, so gut es ging, ihr Haar im Nacken mit einer ihrer Zopfspangen zusammen.

"Komm!"

Tante Anneliese fragte nichts, als Johanna ihren Bruder im Kindergarten ablieferte. Sie strich Fiete liebevoll über die Locken und schickte ihn mit einem Klaps zu den anderen Kindern. Johanna sah, dass die schon im Kreis auf ihren Stühlchen saßen und jetzt neugierig zu ihr her sahen.

"Wir sind...ich - ich meine..." Das Mädchen wollte erklären, warum sie zu spät waren, aber sie hatte Angst, was durfte sie wohl sagen, durfte sie überhaupt...

"Schon gut, Johanna. Schon gut. Ich weiß." Tante Anneliese nickte und strich auch ihr übers Haar. "Dann holst du ihn nachher auch ab, nicht?", sagte sie schließlich freundlich. "Um drei Uhr. Nach dem Mittagsschläfchen."

Johanna nickte erleichtert. Daran hätte sie nicht gedacht. Sie gab der Kindergartentante die Hand, machte einen Knicks und sagte höflich: "Auf Wiedersehen, Tante Anneliese." Dann drehte sie sich um und ging.

So leise wie möglich öffnete sie die Tür zu ihrem Klassenzimmer. Alle Kinder sahen zu ihr hin, und Johanna errötete. Die Lehrerin unterbrach ihren Vortrag und sah Johanna fragend und mit hochgezogenen Augenbrauen entgegen. Mit zaghaften Schritten ging das Mädchen den Weg zum Pult - wie lang dieser Weg doch war! und immerfort starrten alle auf sie! - und hielt ihr wortlos den Brief des Vaters hin. Fräulein Kruse las den Brief durch. Ihre Lippen bewegten sich stumm dabei. Dann seufzte sie tief und schüttelte kaum merklich den Kopf.

"Setz dich, Johanna. Wir beschäftigen uns gerade mit dem Weg vom Korn zum Brot."

Sie fuhr mit ihrem Vortrag fort. Mit dem Zeigestock wies sie auf die Abbildungen verschiedener Getreidearten auf einem Rollbild hin, das wie eine Landkarte am Kartenständer hing. Sie erklärte jede Abbildung, und immer wieder schrieb sie einige Wörter an die Tafel.

Da waren die Pflanzen, Weizen, Roggen, Gerste, Hafer; der mit der Sense mähende Bauer; die Wassermühle; die Mehlsäcke; ein gemauerter Backofen, in dem Glut glomm; Brotlaibe. Ein lachendes Kind, das in ein Stück Brot biss.

Johanna starrte das alles an, aber sie sah nichts.

Ihre Mama. Ihre Mama war weg. Würde sie wirklich niemals mehr wiederkommen? Alle Welt schien das normal zu finden. Tante Anneliese, Fräulein Kruse, die waren gar nicht erschrocken gewesen. Aber das ging doch nicht.

Warum bloß war Mama weggegangen? Gestritten hatten sich die Eltern doch schon immer. War sie selber nicht brav genug gewesen? Sie gab sich doch immer solche Mühe. Johanna fiel ein, dass sie letzten Sonntag zornig gewesen war und geweint hatte, weil Mama ihre rosa Zopfschleifen nicht gebügelt hatte und sie ohne Schleifen herumlaufen musste. Am Sonntag! Wenn alle Mädchen ihre besten Schleifen an die Zöpfe gebunden hatten! Aber nun - hatte das ihre Mama so sehr geärgert?

Johanna schluckte und schluckte. Nein, nicht weinen, bloß nicht weinen.

"Johanna!" Die strenge Stimme der Lehrerin schreckte sie auf. "Nun fang endlich an!" Fräulein Kruse deutete auf die Wandtafel. Johanna nickte und bemühte sich, ihre Gedanken ins Klassenzimmer zu holen. Abschreiben. Sätze bilden. Hausaufgabe. Ja. Das verstand sie. Sie würde jetzt immer sehr sehr brav sein. Vielleicht kam Mama dann wieder.

Als in der Frühstückspause die anderen Kinder ihre Brote auspackten und mit auf den Hof nahmen, merkte Johanna, wie hungrig sie war. Am Morgen hatte sie nichts herunterbekommen. Sie ging weg von den anderen.

"Hast du schon gefrühstückt, Kind?" Plötzlich stand Fräulein Kruse vor ihr, die selber ein Butterbrot in der Hand hielt.

"Ich?" Johanna wurde rot. "Nein...ja,ja...doch!" Sie nickte.

Fräulein Kruse sah sie prüfend an. Dann lächelte sie.
"Warte mal." Aus ihrer Manteltasche zog sie ein Päck-
chen und wickelte ein weiteres Butterbrot aus. "Hier!
Nimm!"

Erschrocken sah das Mädchen zu ihr auf. Die Lehrerin
lächelte ihr freundlich zu. "Na los, nimm nur!"

Johanna war verwirrt und wusste nicht - durfte sie? -
aber dann griff sie nach dem dargebotenen Brot und
machte einen Knicks. "Vielen Dank!" Die Lehrerin
nickte ihr noch einmal zu, wandte sich ab und setzte
ihren Rundgang über den Schulhof fort.

Johanna hielt das Brot in der Hand und starrte es an.
Das strenge Fräulein Kruse. Das schon mal mit dem
Lineal auf die Kinderfinger schlug, wenn die Finger-
nägel bei der morgendlichen Kontrolle schmutzig waren.

Durfte sie das Brot überhaupt annehmen? Hatte sie
jemand gesehen?

Die Mädchen schwangen ein großes Seil und zählten
laut mit, wie viele Hüpfer eine jede schaffte, ohne
hängen zu bleiben. Bestimmt würde Helga wieder die
meisten Sprünge schaffen, sie war die beste dabei. Die
Jungen spielten Fangen, und die Lehrerin musste ein
Auge darauf haben, dass sie nicht die Mädchen ärger-

ten, einfach mitsprangen im Seil oder ihnen die Schür-
zenbänder aufzogen.

Zögernd biss Johanna von dem Brot ab. Wie gut das
tat.

Als die Schule aus war, trödelte sie nicht wie sonst mit
ihrer Freundin Gerda die Dorfstraße lang. "Ich muss
ganz schnell nach Hause!", murmelte sie nur, als Gerda vorschlug, unbedingt durch den Wiesenweg bei
Lenzes Garten vorbeizulaufen. "Da sind bestimmt
welche von den Prinzenäpfeln runtergefallen! Und bei
Kramers Gartenzaun gucken ganz viele von den kleinen Herbstastern durch die Zaunlatten! Die können
wir pflücken!", versuchte die Freundin sie zu überre-
den. Doch Johanna schüttelte den Kopf. Gerda zog ein
Gesicht, aber heute war das Johanna egal. Sie rannte
den ganzen Weg.

Atemlos schloss sie die Haustür auf.

Im Haus war alles still.

"Mama?", flüsterte sie und lauschte.

"Mama!", rief sie etwas lauter.

Nichts.

Kein Klavierspiel. Kein Gesang. Beides tat Mama gern -
aber nur, wenn Vater nicht zu Hause war. Keine Ma-
mastimme, die "Jeanette!" rief, die diesen Namen sang,
wie eine kleine Melodie. Das sei Johanna auf Franzö-

sich, hatte die Mutter ihr erklärt. Sie hatte ihr auch erzählt, dass ihr Töchterchen eigentlich Jeanette hatte heißen sollen, weil sie - die Mama - alles Französische so liebte. Aber der Vater war energisch dagegen gewesen; seine Tochter solle einen ordentlichen deutschen Namen haben, hatte er bestimmt, und schon gar nicht einen französischen. Es habe einen heftigen Streit gegeben. Und er hatte das Neugeborene als Johanna angemeldet.

Johanna selbst war zufrieden mit ihrem Namen. Jeanette - das klang schön und hell und ein bisschen wie Musik, aber damit wäre sie hier im Dorf immer aufgefallen. Das mochte sie nicht. Sie hatte auch schon manchmal aus den Gesprächen der Erwachsenen aufgeschnappt, dass die Franzosen unbeliebt waren. Irgendwas mit dem Krieg gab es da, der vor ein paar Jahren gewesen war. Nein, *Johanna* war schon gut. So oder Hanna oder Hanne hießen auch andere Mädchen hier, da fiel sie nicht auf.

Manchmal wäre sie lieber unsichtbar. Wie die Feen im Märchen.

Dass sie durchaus auffiel im Dorf, ihres Aussehens wegen, mit den langen schwarzen Zöpfen und den dunklen Augen, wusste sie nicht. "Ganz die Mutter!", tuschelten die Leute. "Wer weiß..." Das hatte Johanna glücklicherweise nie gehört.

In der Küche war es kalt. Johanna stellte ihren Schulranzen neben die Eckbank, blieb am Fenster stehen und überlegte. Sollte sie jetzt gleich Schulaufgaben machen? Oder...Vielleicht... Vater kam ja erst am späten Nachmittag aus dem Amt zurück. Sie sah auf den Küchenwecker, der oben auf dem Handtuchbord stand. Halb zwei war es. "Eigener Herd ist Goldes wert" war auf den Überwurf gestickt, hinter dem die Küchenhandtücher hingen. Aber wenn der eigene Herd kalt war? Sie hätte sich gern die klammen Finger gewärmt.

Als würde sie etwas Verbotenes tun, schlich sie auf den Flur. Vorsichtig, ganz leise drückte sie die Klinke der Wohnzimmertür hinunter und trat in den Raum, der auch kalt war, aber in dem Johanna noch die Anwesenheit ihrer Mutter zu spüren meinte.

Das Klavier war geschlossen. Zögernd klappte sie den Deckel hoch und nahm den Samtläufer von den Tasten. Wie weich der war. Blau und weich. Sie drückte das Tuch an die Wange und lächelte.

Von ganz allein klimperten ihre Finger das kleine Lied, das Mama ihr beigebracht hatte. Erst zögernd, dann sicherer. Mit allen fünf Fingern der Rechten spielte sie, genau wie es sein sollte. Sie schob sich auf den runden Klavierhocker und ruckelte sich zurecht.

Dann spielte sie die Melodie noch einmal. Und noch einmal.

Jemand schellte an der Haustür.

Johanna erschrak. Schnell rutschte sie vom Hocker, breitete den Läufer über die Tasten und klappte ganz leise den Deckel zu.

Wieder schellte es, gebieterisch, jetzt gleich zwei Mal. Plötzlich machte ihr Herz einen Sprung. Mama! Vielleicht war das Mama! Sie rannte zur Haustür und riss sie auf.

"Ich dachte schon, es ist niemand da." Draußen stand Frau Köhler, die Nachbarin, eine große, knochige Frau, müde und zerarbeitet. Johanna wusste, dass Herr Köhler als Maurer arbeitete und seine Frau neben Haus und Garten die kleine Landwirtschaft besorgte. Jetzt stand sie da und hielt mit beiden Händen einen kleinen Kochtopf, dessen Henkel sie in die Schürze eingeschlagen hatte. "Schnell!", sagte sie, "Ist sehr heiß." Sie schob das Kind mit dem Ellenbogen beiseite und schlurfte mit schweren Schritten zur Küche.

"So." Aufatmend stellte sie den Topf auf den Küchenherd. Ihre grobe Hand glitt prüfend über die Eisenringe.

"Der ist ja ganz kalt!" Vorwurfsvoll sah sie das kleine Mädchen an.

Johanna wurde rot. "Ich kann das noch nicht, Feuer anmachen." Es war ihr peinlich.

Frau Köhler seufzte. "Na, iss du erstmal.", bestimmte sie dann.

Bald saß Johanna am Küchentisch und aß Gemüse-suppe, die sie nicht mochte. Die fettigen Fleisch-klümpchen hätte sie am liebsten herausgefischt und auf den Tellerrand gelegt, die waren so eklig. Aber das durfte man nicht, das gehörte sich nicht, also schluck-te sie sie hinunter. Um sich abzulenken, beobachtete sie beim Essen genau, wie die Frau das Feuer im Herd in Gang brachte. Trockene Tannenzapfen, zurechtge-spaltenes Kleinholz, etwas Papier, Streichhölzer, Holzscheite - sie musste nicht suchen, in jedem Haus-halt lagen diese Dinge am gleichen Platz. Als die grö-ßeren Holzscheite gut brannten, setzte sie sich mit einem erleichterten Aufatmen zu Johanna an den Kü-chentisch.

"Nur für einen Moment!", murmelte sie, mehr zu sich selbst als zu Johanna. Sie strich eine widerspenstige Strähne nach hinten und steckte sie mit einem Kämm-chen neu fest. Ganz von selbst betastete ihre Hand den Haarknoten im Nacken und schob herausrutschende Nadeln wieder hinein. Eine müde, lange gewohnte Bewegung.

"Dein armer Vater muss ja heute Abend auch was Warmes kriegen!", erklärte sie. Sie deutete auf den Topf. "Schieb aber die Suppe beiseite, dass sie nicht die ganze Zeit kocht."

Johanna nickte.

Frau Köhler sah sie neugierig an. Prüfend, so kam es Johanna vor. Am liebsten hätte sie sich unterm Tisch verkrochen vor diesen Blicken. Sie schlug die Augen nieder und löffelte den Rest der Suppe.

"Das hat gut geschmeckt!", sagte sie dann leise und legte erleichtert den Löffel in den leeren Teller. "Vielen Dank!" Sie wusste, dass man sich zu bedanken hatte, auch wenn man die Fleischklümpchen am liebsten ausgespuckt hätte und die dicken Bohnen auch. Aber das hätte Frau Köhler beleidigt, die es doch so gut meinte, und die würde sich beim Vater beschweren über sein undankbares Kind, und ihr Vater würde sie ausschimpfen und ihr vielleicht ein paar Ohrfeigen verpassen.

"Man muss sich doch helfen, in der Not!", erklärte die Nachbarin. "Und - wie geht's bei euch weiter jetzt?"

Wieder dieser neugierige Blick. Diesmal hielt Johanna stand.

"Übermorgen kommt Tante Hertha!", gab sie Auskunft.

"Die Schwester von deinem Vater, nicht?" Johanna nickte und verstummte. Sie hatte das Gefühl, dass Frau Köhler mehr von ihr hören wollte, aber Johanna wusste nicht, was sie sagen sollte. Und durfte. Sie senkte den Kopf.

"Na ja. Geht mich ja nichts an." Die Frau zuckte die Schultern und sah zum Herd. "Da müssen jetzt Kohlen drauf!", sagte sie und stand auf. Geschickt angelte sie mit dem Schürhaken einige Ringe vom Feuerloch, griff sich die Kohlenschütte und kippte Eierkohlen auf die lodernden Flammen. Schnell schob sie die Ringe wieder an ihren Platz.

"So. Gleich wird's warm werden." Sie wischte die Hände an ihrer blaugraugestreiften Arbeitsschürze ab. "Ich gehe denn mal wieder rüber. Wenn was ist..." Sie sah zum Küchenwecker, dann zu Johanna. "Vergiss nicht, den Kleinen abzuholen."

Sie nickte Johanna noch einmal zu und verließ die Küche. Das Mädchen hörte ihre schlurfenden Schritte im Flur, dann das Zuschlagen der Haustür.

Johanna rutschte von der Eckbank und trug den Suppenteller zum Spülstein, ließ kaltes Wasser darüber laufen und stellte ihn dann zu dem Frühstücksgeschirr in die große blaue Spülschüssel. Sorgfältig wischte sie das Wachstuch auf dem Küchentisch sauber, rubbelte es sogar trocken mit dem Geschirrtuch, und legte ihre Schulsachen auf den Tisch. Den Bleistift anspitzen. Das Schreibheft aufschlagen. Da standen die Wörter, die sie von der Tafel abgeschrieben hatte. Sätze erfinden sollte sie. Nicht schwierig.

Johanna bemühte sich, so schön wie möglich zu schreiben, obwohl ihr die spitzige Sütterlinschrift nicht gut gefiel. Aber Fräulein Kruse war doch so nett zu ihr gewesen.

Der Bauer ackert das Feld.

Der Bauer sät.

Der Weizen wächst.

Der Müller mahlt das Korn.

Der Bäcker bäckt das Brot.

Und Mama bäckt Kuchen, dachte Johanna und merkte, dass ihr die Tränen kamen. Mama hatte mit ihnen auch das Lied gesungen vom Bauern, der im Märzen die Rösslein einspannt. Sie hatte Klavier gespielt dazu und hatte ihnen erklärt, dass die Bauern hier im Dorf mit Ochsen arbeiten müssten, weil keiner mehr Rösslein habe, die seien teuer, nur der Großbauer Bornemann habe noch zwei. Jetzt war Anfang Mai, der März war schon lange vorbei, und Mama war seit Ewigkeiten weg, seit gestern Abend schon, und wann...

Die Wohnzimmeruhr schlug. Dunkler, goldener Klang. Drei Mal. Das Mädchen erschrak. Sie klappte das Heft zu, ließ aber alles auf dem Küchentisch liegen. Hastig schlüpfte sie in die Lackschuhe - Sonntagsschuhe, also heute verboten; aber die Halbschuhe zum Schnüren hätten zuviel Zeit gebraucht. Die Strickjacke nehmen, nach dem Schlüsselband fühlen - ja, es hing noch um ihren Hals; schnell, schnell. Die Haustür fiel hinter ihr zu, viel zu laut. Erschrocken sah sie auf. Aber ihr Vater war ja nicht da.

Atemlos kam sie im Kindergarten an. Oh je, Fiete weinte, das hörte sie schon von draußen. Bestimmt würde Tante Anneliese sie jetzt ausschimpfen. Aber hauen würde sie wohl nicht.

Zaghaft öffnete Johanna die Tür. "Komm rein!", rief Tante Anneliese ihr entgegen.

"Ich...ich...hab Schulaufgaben gemacht und ganz vergessen..."stotterte das Mädchen und wurde rot.

Tante Anneliese nickte. "Schon gut.", sagte sie ruhig. "Aber sieh zu, dass du morgen pünktlich bist. Stell dir einen Wecker."

"Ja, Tante Anneliese." Dass sie nicht wusste, wie das ging mit dem Weckerstellen, mochte sie nicht sagen. Sie hätte die Kindergartentante gern danach gefragt, aber sie war sich unsicher, ob sie das durfte. Belästige nicht fremde Erwachsene mit dummen Fragen, pflegte ihr Vater zu sagen.

Auf dem Heimweg trottete Fiete ganz dicht neben ihr und ließ ihre Hand nicht los.

"Und was habt ihr gemacht den ganzen Tag?" fragte sie ihn, genau so, wie Mama das immer tat.

"Gespielt! Und gesungen.", antwortete er ungewöhnlich wortkarg. Normalerweise plapperte er unaufhörlich auf dem Heimweg.

Jetzt sah er ängstlich zu ihr auf. "Ist Mama wieder da?" Johanna schüttelte den Kopf.

Fietes Augen füllten sich mit Tränen.

"Nicht, Fiete!", befahl sie sanft.

Er schluchzte wirklich nur zwei oder drei Mal auf und schniefte. Schweigend, Hand in Hand, gingen sie nach Hause.

"Lies mir vor!" Fiete hielt seiner Schwester mit beiden Händen das neue Geschichtenbuch hin, das sie zu Ostern geschenkt bekommen hatten. Johanna schüttelte bedauernd den Kopf und zeigte auf ihre Schulsachen.

"Ich muss erst fertig schreiben. Und noch drei Päckchen rechnen.", erklärte sie ihm ernst. "Dann ja!"

Sie machte sich an die Arbeit.

Fiete setzte sich auf den schlichten Holzkasten, in dem das Feuerholz für den Küchenherd aufbewahrt wurde, und sah seiner Schwester zu. Das Buch hielt er fest auf den Knien.

"Bist du jetzt fertig?", fragte er jedesmal, wenn sie den Kopf hob, um das Geschriebene zu überprüfen. "Noch nicht!", antwortete sie jedesmal geduldig und ohne Verärgerung.

Endlich. Sie setzten sich nebeneinander auf die Eckbank. Johanna legte das Buch vor sich auf den Tisch. Fiete kletterte auf die Bank und kniete sich ganz dicht neben sie. "Ich will die Bilder angucken!", erklärte er.

Seine Schwester las ohne Mühe. Sie liebte diese Geschichten von Sonnenstrahlen, von Blumen und von Regentropfen, vom Wind und von alltäglichen Gegenständen, die alle hier lebendig wurden und wie lebendige menschliche Wesen sprachen und fühlten.

Fast vergaßen die Kinder ihren Schmerz.

Die Haustür wurde aufgeschlossen.

Johanna stockte. Die Kinder sahen sich an.

Schwere Schritte im Flur.

"Das ist nicht Mama!", murmelte Fiete enttäuscht.

"Ah! Gut! Ihr beiden lest!" Der Vater war eingetreten und lächelte den Kindern zu.

Er rieb sich die Hände. "Schön warm hier!", bemerkte er und hielt seine Hände über den Herd.

"Hast du Feuer gemacht, Johanna?", fragte er streng.

Seine Tochter schüttelte den Kopf und begann zu berichten, leise, wie es ihre Art war.

"Sprich laut und deutlich!", forderte ihr Vater sie auf. "Und setz dich gerade hin!"

Johanna gehorchte und setzte ihren Bericht fort. "Im Topf ist noch Suppe!", schloss sie, erleichtert, dass sie fertig war.

"Sehr nett von Frau Köhler." Ihr Vater hob den Deckel vom Topf, schnupperte und nickte. "Sehr schön. Das ist gute deutsche Nachbarschaft." Er legte einige Holzscheite aufs Feuer und zog den Topf in die Herdmitte. "Sieh nach der Suppe, Johanna, und deck den Tisch!", wies er seine Tochter an, während er sich die Hände überm Spülstein wusch. "Setz auch Teewasser auf. Ich muss noch etwas erledigen." Er nickte den beiden zu und verließ die Küche.

Johanna machte sich an die Arbeit. Ordentlich verteilte sie Teller, Tassen und Messer, holte Brot, Margarine und Schmalz aus der Speisekammer. Um den Rest Wurst vom Regalhaken zu nehmen, musste sie einen Stuhl in die Kammer schieben. Auch zum Herunterheben der Teekanne vom Küchenschrank holte sie einen Stuhl zu Hilfe. Schließlich füllte sie den Wasserkessel und setzte ihn auf die Herdmitte. Den Suppentopf schob sie beiseite. Hoffentlich habe ich jetzt nichts vergessen, dachte sie aufgeregt.

"Ob ich wohl Vater Bescheid sagen soll?" Johanna war sich nicht sicher. Fiete rutschte von der Bank.

"Mach ich!", erklärte er mit wichtiger Miene.

"Aber klopf an!", ermahnte ihn seine Schwester.

Während des Abendessens wurde wenig geredet. Der Vater fragte nach der Erledigung der Schulaufgaben. Dann teilte er den Kindern mit, dass er übermorgen, wie angekündigt, ihre Tante, seine Schwester, vom Postbus abholen werde.

"Sie ist tüchtig und wird sich um alles kümmern. Und sie kocht sehr gut, besser als... Ich erwarte, dass ihr brav seid und ihr gehorcht."

Die Kinder nickten stumm.

"So." Er stand auf. "Ich muss heute Abend noch einmal weg, zu einer Versammlung." Sein Blick ging zur Uhr.

"Wenn ihr die Küche aufgeräumt habt, darf Johanna noch bis, sagen wir, acht Uhr vorlesen. Vergesst das Zähneputzen nicht."

Er verschwand, die Kinder hörten, wie er die Tür zum Arbeitszimmer schloss.

Gemeinsam räumten sie den Tisch ab. Johanna schöpfte heißes Wasser aus dem Wasserschiff, das seitlich in den Herd eingebaut war, und füllte es in die große Spülschüssel. Ehe sie sich ans Geschirrspülen machte, füllte sie das Schiff wieder mit kaltem Wasser auf.

Bloß nichts falsch machen, bloß nichts vergessen.

Fiete rieb geduldig Geschirr, Bestecke und Holzbrettchen trocken, nicht ohne immer wieder zu verkünden: "Ich kann das schon gut!" Den Suppentopf schrubbte

Johanna besonders sorgfältig; den würde sie morgen zurückbringen.

Dann saßen sie wieder auf der Eckbank beisammen. Das Buch lag aufgeschlagen vor ihnen. Aber sie schwiegen.

"Wo Mama wohl ist?", flüsterte Fiete sehnsüchtig.

Johanna zuckte die Schultern und überlegte. "Vielleicht ist sie zu ihrer Schwester gefahren, zu Tante Marie-Luise!", erklärte sie dann. "Aber ich weiß es nicht." Sie summte leise eine Melodie, legte den Arm um ihren kleinen Bruder und zog ihn an sich.

"Gut?", fragte sie ihn freundlich nach einer Weile. Als er zu ihr auf lächelte, zog sie das Buch zu sich heran und las dort weiter, wo sie zuvor unterbrochen worden war.

* * *

Johanna kniete auf einem Stuhl am Wohnzimmerfenster und beobachtete die Straße. Ihr war ängstlich zumute, und ihr Herz klopfte aufgeregt.

Sie wartete. Der Vater hatte sich frei genommen und war mit dem Fahrrad zum Kirchplatz gefahren, wo der Postbus hielt. Mit dem würde Tante Hertha kommen.

Tante Hertha. Johanna fürchtete sich vor ihr. Sie war so groß und so kräftig und immer enst. Wie der Vater. So anders als Mama. Damals, als die Tante einmal zu Besuch hier gewesen war, hatte sie kaum mit Johanna geredet. Sie hatte sie kurz gemustert, und die rosa Zopfschleifen, die Mama extra gebügelt hatte, hatten ihr wohl nicht gefallen. "Firlefanz!", hatte sie gesagt und den Kopf geschüttelt. Johanna wusste nicht, was Firlefanz war, aber ihre Mutter hatte nur gelacht und geantwortet: "Ach, Hertha, immer so streng! Das sieht doch hübsch aus, und das Rosa steht Johanna so gut!" Da hatte die Tante noch einmal den Kopf geschüttelt und sich abgewendet. Mama hatte Johanna zugezwinkert und gelächelt.

Später, beim gemeinsamen Tischabräumen, hatte Johanna ihre Mutter gefragt, warum die Tante so böse gucke.

"Sie ist nicht böse, mein Schatz!", hatte ihre Mutter erklärt. "Sie ist bloß - na ja, unglücklich, glaube ich."

"Unglücklich?"

"Weißt du, Tante Hertha war verlobt und wollte heiraten, und dann ist ihr Bräutigam gefallen, in dem schlimmen Krieg. Seither ist sie traurig. Das kannst du doch verstehen, oder?"

Johanna hatte genickt und ihrer Mutter eine Handvoll Bestecke zum Abspülen gereicht. Sie hätte gern noch weiter gefragt: Warum war denn der Bräutigam nicht wieder aufgestanden, wenn er hingefallen war? Das machte doch jeder, und Tante Hertha hätte ihn doch sicherlich getröstet, falls er sich wehgetan hätte. Aber ihre Mutter hatte sich jetzt ganz dem Abwasch gewidmet und Johanna bloß schnell ein Abtrockentuch in die Hand gedrückt. Dann war die Tante in die Küche gekommen, und die mochte Johanna nicht fragen. Sie hatte das Gefühl, dass sich das nicht gehöre.

Die Wohnzimmeruhr schlug, und wie immer lauschte Johanna fasziniert ihrem dunklen Doppelklang und dem lang anhaltenden Nachklingen. Irgendwann einmal musste sie genau diese Töne auf dem Klavier suchen. Jetzt gleich? Nein, besser nicht.
Wo steckte eigentlich Fiete?Johanna warf noch einen Blick aus dem Fenster, dann rutschte sie von ihrem Ausguck und huschte in die Küche. Kein Fiete da.
Der Vater hatte ihr extra aufgetragen dafür zu sorgen, dass auch ihr Bruder sauber und ordentlich bereit stehe, wenn die Tante eintreffe. Wo war er bloß?
"Fiete? - Fiete!" Sie steckte den Kopf durch die Küchentür und rief, so laut sie konnte.
Einen Augenblick später hörte sie oben Stimmen, und dann kam Fiete die Treppe heruntergetrappelt, strah-

lend, triumphierend den Rest von einem Stück Marmorkuchen hochhaltend.

"Du sollst doch nicht einfach zu Frau Salzmann hinauf gehen!", schimpfte seine Schwester, während sie ihm das Gesicht wusch. Schnell das Hemdchen in die Hose gestopft, die Kuchenkrümel weggewischt, die Hosenträger gerichtet. Ein prüfender Blick.

"Pst!", machte Johanna nur, als Fiete etwas entgegnen wollte. Stimmen näherten sich, die Haustür wurde aufgeschlossen. Johanna erschrak - sie hatte vergessen, im Wohnzimmer den Stuhl wieder an seinen Platz zu schieben. Hatte sie den Klavierdeckel geschlossen? Aufgeregt zupfte sie ihre Schürze zurecht.

"Komm!", flüsterte sie und nahm Fietes Hand. Der Junge sah ängstlich zu ihr auf.

Die Küchentür wurde geöffnet. "Hier sind sie!", sagte ihr Vater, über die Schulter gewandt. Er nickte den beiden Kindern freundlich zu, dann trat die Tante neben ihn.

Prüfend musterte sie die Kinder. Einen Augenblick war es still. Die Kinder sahen auf zur Tante, und erst als ihr Vater auffordernd nickte, gab ihr Johanna die Hand, knickste wie es sich gehörte und sagte leise: "Guten Tag, Tante Hertha!"

"Guten Tag, Tante Hertha!", machte Fiete es ihr nach und vergaß auch nicht die vorschriftsmäßige Verbeugung dabei.

Die Tante lächelte.

"Er sieht genauso aus wie du als kleiner Junge!", stellte sie, an ihren Bruder gewandt, fest.

"Ach ja?" Der Vater sah seinen kleinen Sohn zweifelnd an. Tante Hertha strich dem Neffen freundlich übers Haar. "Was für schöne Locken!"

"Komm!", forderte der Vater sie auf. "Ich zeige dir, wo du wohnen wirst. Frau Salzmann ist so nett und stellt uns noch ein zusätzliches Zimmer zur Verfügung."

Vater und Tante verließen die Küche. Die Kinder hörten ihre Schritte auf der Treppe.

"Sie ist doch nett, oder?", meinte Fiete erleichtert und griff nach dem Rest des Kuchenstücks auf dem Ablaufbrett.

"Jahaaa...", stimmte Johanna zögernd zu. Aber meine Mama ist viel schöner, setzte sie stumm hinzu. Tante Hertha sah fast aus wie ein Mann, so groß und so kräftig, mit diesem grünbraunen Mantel, den derben Schuhen und dem grünen Hütchen auf den kurzgeschnittenen Haaren.

"Sie sieht aus wie ein Jäger!", plapperte Fiete weiter, und Johanna musste grinsen. "Meinst du, ich darf mal ihren Hut aufsetzen?"

Ehe Johanna antworten konnte, hörten sie die Stimmen der Erwachsenen im Flur. Das Mädchen legte nur mahnend den Finger auf die Lippen.

"Johanna wird dir alles zeigen!", hörte sie ihren Vater sagen. "Ich habe noch zu arbeiten."

Doch die Tante - jetzt in dunklem Rock und heller Bluse - benötigte Johannas Hilfe kaum. Ohne zu zögern öffnete sie Schränke und Schubladen, wobei sie Unverständliches vor sich hin murmelte. Die Kinder sahen ihr stumm zu. Als sie Mamas Schürze vom Haken neben der Tür nahm und sich umband, hätte Johanna am liebsten "Nein!" geschrien. Mamas Lieblingsschürze! Die blaue mit der rotweißen Kreuzstich-Stickerei, auf die sie so stolz war! Die durfte Tante Hertha doch nicht...Aber Johanna schrie nicht, sie schluckte nur und bemühte sich, nicht zu weinen. Bloß nicht weinen. Mama war weg. Nicht weinen.

Auch die Speisekammer unterzog Tante Hertha einer genauen Überprüfung. Sie schob Gläser mit Eingemachtem beiseite, nickte, als sie die Etiketten auf den Flaschen mit dem Rhabarbersaft las, klapperte mit Gerätschaften, die dort ineinander gestapelt waren. "Nicht meine Ordnung!", murmelte sie und sortierte mit flinken Handbewegungen einiges um. Die Glasschüssel, in der Sauermilch angesetzt war, wurde mit einem erfreuten "Aaaah! Immerhin!" bedacht.

"Na, denn wollen wir mal den Abendbrottisch decken, nicht?" Sie lächelte Johanna aufmunternd zu. "Du hilfst mir doch sicherlich, ja?"

Johanna nickte.

Vater und Tante besprachen während des Essens, was die Tante wissen musste und was in den nächsten Tagen zu tun sein würde.

"Morgen gibt's bei Tante Anneliese Reisbrei! Mit Zimtzucker! Und Beeren!", verkündete Fiete strahlend, als es eine Gesprächspause bei den Erwachsenen gab. Johanna stupste ihn mit dem Ellenbogen an und schüttelte den Kopf, als er sie ansah.

Zu spät.

"Seit wann reden denn Kinder beim Essen?", wies ihn sein Vater streng zurecht. Fiete sah ihn mit großen Augen an.

"Aber bei Mama...", wollte er protestieren.

"Friedrich!" Die Augen des Vaters blitzten zornig.

"Aber...", versuchte der Junge zu widersprechen.

"Kein Aber! Nicht in diesem Haus!" Der Vater war sehr laut geworden und schlug heftig mit der flachen Hand auf den Tisch.

Erschrocken senkte Fiete den Kopf und beschäftigte sich mit seinem Brot.

Die Tante saß sehr aufrecht da und blickte ernst zu dem kleinen Jungen hinüber.

"Nun iss brav dein Brot, Friedrich!", ermahnte sie ihn ruhig und nickte ihm milde zu.

Die Erwachsenen setzten ihr Gespräch fort. Tante Hertha kramte einen kleinen Schreibblock und einen Stift aus der Schublade des Küchenschrankes (nicht ohne den Kopf zu schütteln und irgendetwas von "Unordnung!" zu murmeln). Sie notierte eifrig, was ihr Bruder erklärte.

Die Kinder saßen stumm, bis ihr Vater sie mit einem kühlen "Nun ins Bett, Kinder!" entließ.

* * *

Es ging ganz gut mit der Tante, fanden die beiden Kinder. Sie war zwar streng, aber sie schlug nicht, und manchmal war sie richtig nett. Allerdings hatte Johanna jetzt kaum noch Zeit, sich mit ihren Freundinnen zu treffen. Sie musste die Tante beim Einkaufen begleiten und ihr auch im Haus helfen.

Über eine Sache jedoch freute sich Johanna: die Tante erlaubte ihr, auf dem Klavier zu klimpern, wenn mal ein bisschen Zeit war. Sie spielte dann nicht nur das kleine Lied, das ihre Mutter ihr beigebracht hatte; sie probierte auch, die Melodien anderer Lieder auf den Tasten wiederzufinden. Die Tante mochte das offensichtlich, lobte sie dafür und bat sie, die Wohnzimmertür offen zu lassen. Dass Johanna nur in Abwesenheit des Vaters spielte, war unabgesprochene Regel.

Auch der Vater schien erleichtert. "Du bist ein Segen für uns, Schwester!", hatte Johanna ihn sagen hören. "Ich glaube, die Kinder haben Eva längst vergessen." Was die Tante darauf geantwortet hatte, hatte Johanna nicht verstehen können. Aber sie hätte ihm sagen können, dass das nicht stimmte. Natürlich tat sie das nicht. Sie durfte ja nicht von ihrer Mutter sprechen. Und sie hatte gelernt, dass ihr Vater Widerspruch nicht mochte. Er geriet dann sofort in Wut. Das wollte sie nicht, es machte ihr Angst.

Immer noch krabbelte Fiete jeden Abend zu ihr ins Bett, und dann sprachen sie von ihrer Mutter. Flüsternd. Johanna dachte sich Geschichten aus, in denen sie erzählte, wo die Mutter jetzt sein könnte. Warum sie nicht mal eine Postkarte schicken konnte. Sagte ihrem kleinen Bruder am Schluss immer wieder, jeden Abend, dass die Mutter an sie denke, immer, egal wo sie sei.

"Und an Weihnachten, da kommt sie vielleicht!" Das war jedesmal Fietes letzter Satz, bevor er sich in seinem Bett zum Einschlafen zurechtkuschelte. Johanna achtete streng darauf, dass er immer in sein eigenes Bett zurücktappte, ehe er einschlief.

Eines Morgens wurde sie davon wach, dass jemand sie rüttelte und laut ihren Namen flüsterte. Als sie die Augen aufschlug, sah sie Fiete an ihrem Bett stehen, schluchzend, das Gesichtchen tränenüberströmt, hektisch von einem Fuß auf den andern trippelnd. Auf Johannas geflüsterte Frage hin zeigte er nur auf sein Bett. Sein Schluchzen war nicht zu stoppen.

Johanna schlüpfte aus ihrem Bett - und sah die Bescherung. Fiete hatte ins Bett gepinkelt. Oh je! Er war doch schon fünf!

Jämmerlich schluchzend stand er neben ihr. Ratlos streichelte sie seinen Kopf. Was sollten sie bloß tun. Wenn ihr Vater...

In der Küche rumorte schon Tante Hertha.

"Ich hole sie!", schlug Johanna vor. Dass es bloß der Vater nicht erfuhr.

Tante Hertha schimpfte. Und obwohl Johanna ihr angstvoll Zeichen gab, leise zu sprechen, schimpfte sie laut und lauter.

Und so riss irgendwann der Vater die Tür auf, offensichtlich zornig, weil seine Frühstückszeit gestört wurde. Voller Angst sah Johanna, wie die Zornesadern an seinem Hals schwollen, während seine Schwester berichtete. Sein Gesicht wurde röter und röter. Aber er brüllte nicht. Er setzte sich auf den einzigen Stuhl im Zimmer, ohne auf die Kleidungsstücke zu achten, die ordentlich zusammengefaltet darauf lagen. Dann befahl er Fiete vor sich, schwang den kleinen Jungen über seine Knie, schob das Nachthemdchen hoch und schlug zu. Schlug und schlug und schlug, wutentbrannt, und nun doch brüllend. Fiete schrie wie am Spieß. Johanna stand mit schreckgeweiteten Augen, stumm. Flehend sah sie zu ihrer Tante. Die war ganz blass geworden und starrte entsetzt auf ihren prügelnden Bruder. Endlich löste sich ihre Starre. Mit einem raschen Schritt war sie neben ihm, rüttelte ihn an der Schulter und rief: "Rudolf! Rudolf! Hör auf! Sofort!" Es schien Johanna, als wache ihr Vater auf durch das Rufen der Tante. Er murmelte etwas und sah auf. Grob zerrte er Fiete von seinen Knien und stellte ihn hin. Der Junge weinte jämmerlich.

"Hör auf zu plärren!" Noch außer Atem zischte der Vater das dem Kind zu. Drohend fuhr er fort: "Das passiert nicht noch einmal, hörst du?" Ohne einen weiteren Blick, ohne ein weiteres Wort stand er auf und verließ das Zimmer. Hinter ihm krachte die Tür ins Schloss.

Tante Hertha und Johanna sahen sich sekundenlang an, beide tief erschrocken. Schließlich fasste sich die Tante. "Macht euch jetzt fertig, Kinder!", sagte sie ruhig. Sie strich dem Jungen rasch übers Haar.

"Arme Kinder!", murmelte sie und schüttelte den Kopf. Dann ging auch sie hinaus.

Als sie zum Frühstück kamen, war der Vater schon fort. Johanna atmete erleichtert auf.

"Wir sind spät dran - ihr müsst schnell machen!", mahnte die Tante. "Johanna, du kannst gleich zur Schule laufen. Ich bringe Fiete heute selbst zum Kindergarten." Sie seufzte.

"Danke, Tante!" Das Mädchen war sehr erleichtert. Hastig verschlang sie ihr Marmeladenbrot und trank die Milch. Zuspätkommen war schrecklich. Dann musste man immer genau erklären, warum das passiert war. Vor allen Kindern. Bloß das nicht.

Am Abend kam die Tante zu ihnen ins Kinderzimmer. Das tat sie sonst nie. Geräuschlos zog sie die Tür hinter sich zu. Sie setzte sich auf Fietes Bett.

"Es kann sein, dass dir das nochmal passiert, mein Junge.", sagte sie leise. Als sie Fietes erschrockenes Gesicht sah, fuhr sie fort: "Du kannst nichts dafür. Es ist nicht schön, aber nicht zu ändern." Sie zuckte die Schultern. "Ich hab dir eine Gummimatte unters Laken gelegt. Besser ist besser. Aber -" sie zog die Augenbrauen hoch und sah erst Fiete, dann Johanna verschwörerisch an - "falls es passiert, wollen wir das eurem Vater nicht sagen. Es regt ihn nur auf. Besser nicht. Sagt es mir, das genügt, ja?"

Die Kinder schauten sie erstaunt an und nickten.

Tante Hertha stand auf. Sie zog Fietes Bettdecke zurecht, lächelte und gab ihm einen Klaps auf die Wange. "Gute Nacht jetzt, ihr beiden. Schlaft gut."

"Danke, Tante.", flüsterte Johanna erleichtert. "Und gute Nacht."

"Gute Nacht!", piepste Fiete und sein kleines Gesicht strahlte. "Du bist lieb, Tante."

Sie lächelte, nickte ihnen noch einmal zu, löschte das Licht und verließ das Zimmer.

* * *

Ja, es ging gut mit der Tante, fand Johanna.

Nur - die Tante kam nicht gut zurecht mit Johannas langen Zöpfen. Es war ihr offensichtlich lästig, jeden Morgen so viel Zeit mit Johannas Haar zu vertun. Wo es doch genug im Haushalt zu erledigen gab. Und jetzt, im Sommer, kam noch die Beerenernte dazu, das Marmeladekochen, das Kompotteinkochen.

Ob Johanna nicht lieber eine Kurzhaarfrisur, einen Bubikopf haben wolle? Sowas sei doch jetzt modern und würde ihr gewiss auch gut stehen, hatte Tante Hertha vorgeschlagen.

Johanna hatte sie nur erschrocken angesehen und nichts darauf erwidert.

Mama... Mamas dunkle Locken. Johanna hatte sie ihr manchmal bürsten dürfen. Wenn ihre Mutter, was selten vorkam, geduldig still sitzen mochte ohne etwas zu tun, also nicht im Haus herumwirtschaftete oder Klavier spielte und sang oder ihr Blumengärtchen pflegte. Das waren so schöne Augenblicke gewesen. Nur sie beide. "Wenn du größer bist, zeige ich dir, was du mit deinen Haaren alles machen kannst!", hatte sie ihrer Tochter versprochen. "Du hast so schönes Haar, mein Schneewittchen!"

Aber Mama war fort. Nichts hatten sie gehört von ihr. Kein einziges Zeichen hatte es gegeben.

Trotzig presste Johanna die Lippen zusammen.

Dass ihr Vater ihnen Nachrichten von der Mutter vorenthalten haben könnte, wäre Johanna niemals eingefallen.

"Johanna! Wo bist du denn mit deinen Gedanken?" Fräulein Kruses Stimme klang ärgerlich.

Johanna schreckte auf und wurde rot.

"Ich...ich...meine Tante...", und schon rollten ihr diese dummen Tränen übers Gesicht. Fräulein Kruse seufzte.

"Schon gut!", unterbrach sie das Mädchen. "Aber pass jetzt auf!" Ihre Stimme war wieder etwas freundlicher geworden. Für einen Augenblick ruhte ihr Blick auf dem Mädchen; ein mitleidiger Blick. Natürlich war der Dorfklatsch über die Familie auch bis zu ihr gelangt. Es war offensichtlich, dass Johanna litt. Traurig war das. So ein begabtes Mädchen. Noch einmal seufzte die Lehrerin.

"Also. Sprachbuch Seite 17. Nummer 3. In Schön-schrift. - Und nach der Pause machen wir Malstunde." Wieder wanderte ihr Blick zu Johanna, und sie freute sich, als sie sah, dass das Mädchen lächelte.

"Komm!"

Es war Pause, und aufgeregt zog Johanna ihre Freun-din Gerda mit sich zu ihrem Geheimplatz an der Ha-selhecke, die den Schulhof begrenzte; dort, hinter ei-nem hoch aufgetürmten Brennholzstapel, waren die Mädchen geschützt vor den Augen und Ohren der Jungen und konnten ungestört Wichtiges bereden. Noch ganz außer Atem sprudelte Johanna los: "Du! Tante Hertha! Die will mir die Zöpfe abschneiden las-sen!" Sie spürte, wie ihr wieder Tränen in die Augen stiegen. "Weil ihr das zuviel ist mit dem Flechten!" Sie hielt ihre langen schwarzen Zöpfe fest, als lauere in der Nähe schon eine bissige Schere.

Gerda machte große Augen. Dann grinste sie und klatschte in die Hände.

"Mensch, Hannchen! Du Glückspilz!", rief sie. "Du hast es gut!" Sie zog ihre eigenen blonden Zöpfe mit einer verächtlichen Grimasse vom Kopf weg. "Ich wär so froh, wenn ich meine endlich abschneiden lassen dürfte!" Sie legte Johanna den Arm um die Schultern. "Also, sag da beim Friseur, dass Fräulein Marlies dir die Haare schneiden soll!", riet sie ihr altklug. "Meine Tante lässt sich von der immer die Dauerwelle machen, und sie sagt, Fräulein Marlies ist - ist - ach, irgend sowas wie ein Edelstein, jedenfalls ganz fabelhaft. - Komm!" Sie zog die Freundin mit sich fort. "Wir sagen es den anderen!"

Widerstrebend ließ Johanna sich mitziehen. Die Aufregung der anderen Mädchen war groß. Keine von ihnen hatte einen Bubikopf. Der würde ihnen - leider! - erst nach der Konfirmation erlaubt werden. Vielleicht sogar mit Dauerwelle. Würde Johanna eine Dauerwelle kriegen? Ach was, nein, so tolle Locken wie sie hatte.

Es war ein aufgeregtes Geschnatter. Nur Johanna blieb still. Aber das fiel den anderen nicht auf.

Es war dann gar nicht so schlimm gewesen. Aufregend - das schon.

Als Johanna sich schließlich in dem hohen Frisierspiegel sah, mit dem Bubikopf (den wirklich Fräulein Marlies ihr geschnitten hatte), kam sie sich sehr erwachsen vor. Trotzig schob sie die Unterlippe vor. Das hatte Mama nun davon. Warum hatte sie die Kinder allein gelassen. Wie Hänsel und Gretel.

Fiete hatte erst geheult, als die Tante ihm erklärt hatte, dass auch seine Locken abgeschnitten werden sollten. "Du bist doch ein großer Junge jetzt! Kein Baby mehr!", hatte die Tante gesagt. Was Fiete aber nicht überzeugt hatte. Den ganzen Weg über hatte er leise vor sich hin gejammert und sich fest an Johannas Hand geklammert. Die Tante hatte so getan, als hätte sie das nicht bemerkt. Sie hatte aber auch nicht geschimpft, sondern war den Kindern ohne weiteres Reden mit kräftigen Schritten vorangegangen.

Der Weg zum Friseur war Johanna peinlich gewesen. Es waren ihnen zwar nicht viele Leute begegnet, aber alle hatten sie angestarrt. Die Tante hatte immer freundlich gegrüßt und wenn sie jemand ansprach, ohne weiteres Auskunft gegeben über ihr Vorhaben. Johanna hatte meistens zu Boden gesehen und war froh gewesen, als der Weg geschafft war und sie die Treppe zur Friseurstube hinaufstiegen.

Dort waren alle sehr nett gewesen. Die Tante hatte erklärt, was gemacht werden sollte, und dann hatte es geheißen: "Na, dann wollen wir mal!"

Fiete war auf den hohen Kinderstuhl gesetzt und in die richtige Höhe gedreht worden, was sofort sein Gejammer in freudiges Gekicher verwandelt hatte, und als er juchzte: "Nochmal!", hatte der Friseur ihn noch einmal Karussell fahren lassen.

Johanna hatte sich in den großen schwarzen Friseur- stuhl gesetzt und ihr Spiegelbild mit den langen dunk- len Zöpfen angestarrt. Fräulein Marlies war hinter sie getreten und hatte dem Spiegelbild zugelächelt. Dann hatte sie die Hände auf Johannas Schultern gelegt, hatte sich über sie gebeugt und ganz leise gesagt: "Mach einfach die Augen fest zu, Hannchen. Ich werde dir einen ganz schicken Bubikopf schneiden!" und hatte dem Spiegelbild des Mädchens lächelnd zuge- nickt.

Also hatte Johanna die Augen fest zugedrückt. Sie hat- te gehört und gespürt, wie die Schere mit einem leisen Kchchch-Kchchch durch die Zöpfe schnitt. "So!", hatte Fräulein Marlies gesagt, etwas hatte geraschelt, und dann hatte Johanna das hellere Klappern einer ande- ren Schere gehört. Sie hatte gespürt, wie die Friseurin an ihrem Haar arbeitete. Kein einziges Mal hatte sie die Augen aufgemacht. Nicht einmal geblinzelt hatte sie.

Und nun - erblickte sie in dem großen Spiegel ein fremdes Gesicht, das doch ihr eigenes war, mit weit geöffneten dunklen Augen, einem ernsten breiten Mund und jetzt kinnlangem schwarzen Haar. Seltsam. Fietes Gesicht tauchte neben ihr im Spiegel auf, grinsend und vergnügt, mit millimeterkurzen Stoppelhaaren. Keine einzige Locke mehr. Johanna bekam einen Schreck, aber dann grinste sie auch. Sie fühlte sich seltsam zufrieden.

Was wohl ihr Vater sagen würde? Er hatte sich früher manchmal bewundernd über ihre schönen Zöpfe geäußert. Johanna war aufgeregt, als sie ihn ins Haus kommen hörte. Sie half gerade der Tante, den Abendbrottisch zu decken. Beide hielten inne und sahen sich an. Tante Hertha lächelte und nickte ihr verschwörerisch zu.

Erst als er sich an den Tisch setzte, fiel der Blick des Vaters auf die Tochter. Erschrocken fuhr seine Hand an den Mund.

"Johanna!", flüsterte er. "Deine Zöpfe! Was..." Fragend sah er zu seiner Schwester.

"Aber Rudolf!" Beruhigend legte ihm Tante Hertha die Hand auf den Arm und lachte. "Das haben wir doch gestern Abend besprochen! Hier, am Abendbrottisch!" Wieder wanderte sein Blick zu Johanna. Sie sahen sich an, beide stumm, eine ganze Weile.

Er ist traurig, dachte sie, er findet das nicht schön. Ihre Augen füllten sich mit Tränen. Schnell senkte sie den Blick und verstrich die Leberwurst auf ihrem Brot.

"Also, ich finde, sie sieht süß aus mit den kurzen Haaren!", erklärte Tante Hertha munter.

"Süß!", murmelte ihr Bruder. "Ihr schönes Haar. Hertha!"

"Evas Haar!", warf seine Schwester leise ein. "Gut, dass es abgeschnitten ist." Sie sagte das sachlich und kühl. Beide schwiegen.

"Und ich? Papa, guck mal, wie findest du mich denn?" krähte jetzt Fiete, ungeduldig, weil man ihn vergessen hatte.

Sein Vater vergaß, ihn zurechtzuweisen; er betrachtete ihn, dann breitete sich ein Lächeln auf seinem Gesicht aus.

"Oho, mein Sohn!" Jetzt grinste er. "Na - endlich siehst du aus wie ein richtiger großer Junge. Das gefällt mir!"

Zufrieden widmete sich Fiete wieder seinem Brot. Es war wohl doch ganz in Ordnung mit der Tante. Sie hatte gute Ideen.

Johanna zögerte, ehe sie am Arbeitszimmer ihres Vaters anklopfte, um ihm "Gute Nacht" zu sagen. Würde er sie jetzt ausschimpfen? Würde er sie wieder so traurig ansehen? Davor fürchtete sie sich noch mehr als vor dem Schimpfen.Sie fühlte sich schuldig. Auch wenn Tante Hertha die Entscheidung getroffen hatte. Sie selbst, Johanna, war schuld daran, dass ihr Vater jetzt traurig war.

Auf sein "Herein!" hin öffnete sie die Tür und schloss sie sacht hinter sich. Sie blieb stehen.

"Gute Nacht, Vater.", sagte sie leise.

Der Vater drehte sich zu ihr um.

"Komm her, Johanna!", sagte er. Sie konnte sein Gesicht nicht gut erkennen, das Licht der Schreibtischlampe beleuchtete die Arbeitsfläche hinter ihm. Ängstlich ging sie hin und sah zu ihm auf.

"Wolltest du, dass deine Zöpfe abgeschnitten werden?"

Sie schüttelte den Kopf. Wieder kamen ihr die Tränen. Sie schluckte. Der Vater nahm ihre Hände in seine.

"Aber Tante Hertha hat recht!", sagte er ruhig. Johanna sah ihn an. Er nickte bekräftigend.

"Es ist besser so, Johanna. Und es sieht hübsch aus."

"Danke, Vater."

"Und später" - er machte eine vage Handbewegung - "kannst du das Haar ja wieder wachsen lassen. Aber im Moment - da muss man sich schon ein bisschen nach Tante Hertha richten, nicht?" Das Mädchen nickte.

Sie schwiegen. Johanna wusste nicht, ob sie jetzt gehen durfte. Er hielt immer noch ihre Hände.

"Im Herbst werde ich mit Lehrer Westermann wieder Vögel beobachten gehen, irgendwann am späten Nachmittag, wenn es dämmert.", sprach ihr Vater schließlich weiter. "Am Großen Waldsee. Vielleicht rasten dort Wildgänse. Du darfst mitkommen, wenn du möchtest."

"Wirklich? Oh ja! Gerne!" Sie strahlte. "Danke, Vater!" Erleichterung durchströmte sie. Alles war gut.

"Gute Nacht jetzt, Johanna. Ich muss noch arbeiten." Er ließ ihre Hände, nickte ihr lächelnd zu und wandte sich wieder zum Schreibtisch um.

"Gute Nacht, Vater!", sagte sie noch einmal. Wie es sich gehörte, machte sie einen Knicks und ging leise hinaus.

Fiete lag schon im Bett. Er grinste ihr entgegen. Sie erzählte ihm nichts von dem geplanten Ausflug. Er würde mitwollen, und das war unmöglich. Der Weg war weit, und man musste ganz, ganz still sein, durfte nicht reden und schon gar nicht quengeln. Das würde Fiete nicht schaffen. Es würde Ärger geben und Ohrfeigen setzen und der Nachmittag wäre zerstört.

* * *

Wie lange war die Mutter jetzt schon fort?

Johanna wusste es nicht. Lange. Viel zu lange... Die Sommerferien waren vergangen. Manchmal kam es ihr vor, als wäre Tante Hertha schon immer bei ihnen gewesen. Und doch, weit hinten im Hinterkopf, war die Hoffnung immer noch wach: Irgendwann kommt Mama wieder. Irgendwann. Ganz bestimmt. Das war doch sicher.

Bis zu jenem Tag Ende September.

Hätte sie das doch bloß nicht gehört.

Gelauscht hatte Johanna nicht, jedenfalls nicht anfangs. Sie saß in der Küche und schrieb ihre Rechenaufgaben. Das Fenster stand offen an diesem sonnigen Herbsttag.

Sie hörte, wie die Tante im Garten ein Beet umgrub. Hörte, wie der Spaten mit einem leisen Zischen in den Boden stieß und wie dann die umgegrabene Erde mit einem leisen Kollern wieder fiel. Ab und zu begleitete ein leichtes Stöhnen den Rhythmus der Arbeit.

Schritte gingen ums Haus. Vater, dachte Johanna. Die beiden Erwachsenen wechselten knappe Begrüßungen; der Vater lobte die Tante für ihren Eifer.

"Ohne dich würde ich..."

"Ach, lass man, Rudolf." Der Spaten wurde kräftig in die Erde gestoßen und schien nicht weiter zu graben.

"Und? Neuigkeiten?", wollte Tante Hertha wissen.

"Der Anwalt sagt, das läuft reibungslos. Die Schuld liegt eindeutig bei Eva. Sie erhebt auch keinen Widerspruch, ist kooperativ. Der Anwalt meint sogar, vielleicht könnte man die vorgeschriebene Zeit sogar verkürzen, in diesem Fall." Er seufzte. "Dann wäre die Scheidung in ein paar Monaten durch. Der Anwalt hat wohl Kontakte."

Johanna erstarrte. Ihre Finger klammerten sich um den Bleistift. Scheidung. Das hieß doch... Ihr wurde plötzlich ganz kalt.

"Und? Wie steht es mit Elisabeth?", wollte Tante Hertha wissen.

Elisabeth? Was für eine Elisabeth? Johanna runzelte die Stirn. Die kleine Tochter des Pfarrers hieß so, die war im Kindergarten mit Fiete. Aber was hatte die...

"Du weißt ja, irgendwann muss ich mich wieder um die Eltern kümmern!", war wieder die Tante zu hören. "Und dann - die Kinder brauchen eine Mutter."

Ja!, hätte Johanna am liebsten gerufen, ja! Holt Mama wieder her!

"Mit Elisabeth bin ich einig." Der Vater klang zufrieden. "Sie wird nach Weihnachten hierher kommen und zunächst als Haushaltshilfe arbeiten. Sozusagen offiziell. Sie wird dann natürlich nicht hier wohnen, sondern nur tagsüber da sein, bis...na ja, bis wir heiraten können. Gartelmanns werden uns ein Zimmer vermieten."

"Wenn du meinst." Die Tante seufzte. "Und die Leute? In deiner Position..."

Der Vater lachte kurz auf. Es war kein fröhliches Lachen, das hörte Johanna.

"Na ja, üblen Klatsch hier im Dorf hat mir Eva schon genug eingebrockt. Ich hab mit einigen Leuten darüber geredet, mit vertrauenswürdigen natürlich nur. Auch im Amt. Viele hier kennen Elisabeth, alle haben mir zugestimmt. Und zugeredet. Auch dieser Planung. Also, das wird insoweit keine Probleme geben."

Wieder sagte die Tante: "Wenn du meinst..."

"Sie mag Kinder!", fuhr der Vater fort. "Und die Kinder - die haben sich zu fügen. Das werden sie leicht. Sie sind doch noch klein, Hertha. Ich glaube nicht, dass sie noch viel an ihre Mutter denken."

"Ach - erwarte nicht zuviel, Rudi." Tante Hertha schien nicht überzeugt.

"Elisabeth ist sehr nett, Hertha. Das werden auch die Kinder schnell merken. Eine sanfte junge Frau."

"Ich würde sie gern kennenlernen, Rudolf. Meinst du, das ginge?"

"Ja, sicher. Ich werde sie fragen."

"Lade sie doch zu uns ein. Zum Sonntagskaffee. Das würde sich gut machen. Ich backe Apfelkuchen."

Der Vater lachte. "Na, damit wirst du bei ihr mit Sicherheit punkten, Hertha!"

Johannas Herz klopfte, als wollte es den Brustkorb aufsprengen und hinaus springen. Sie starrte auf die Kästchen und die Zahlen im Rechenheft, aber alles verschwamm vor ihren Augen. Sie hörte, dass der Vater ins Haus kam. An der Garderobe klapperte ein Kleiderbügel. Dann ging die Tür des Arbeitszimmers und klackte wieder zu.
Leise schlich Johanna in den Flur. Vorsichtig zog sie die mittlere Schublade der kleinen Kommode auf. Sie nahm das dünne Halstuch ihrer Mutter heraus, ein feines leichtes Tuch in blassem Blau, ließ ihr Gesicht darin versinken und schnupperte. Der Duft ihrer Mutter... Ein wenig getröstet faltete sie das Tuch wieder zusammen und schob es sorgfältig an seinen Platz zurück.

* * *

Als Johanna aus der Schule kam, sah sie schon von weitem, dass Frau Salzmann am Gartenzaun stand und die Rosenrabatten vorm Haus betrachtete.
Ach ja, Frau Salzmann. Wie jedes Mal, wenn Johanna die alte Dame sah, gab es ihr einen Stich. Frau Salzmann und Mama waren fast Freundinnen gewesen.

55

"Johanna!"

Freundlich reichte sie dem kleinen Mädchen die Hand. Johanna grüßte höflich und knickste. Sie mochte Frau Salzmann auch. Die sah schick aus, nicht immer so düster angezogen wie die anderen alten Frauen im Dorf. Sie lebte allein, seit ihr Mann gestorben war. Der hatte den Lebensmittelladen im Dorf besessen. "Frau Salzmann ist eine ganz besondere Frau. Sie hat Kultur. Und Stil!", hatte Mama gesagt. Johanna wusste nicht, was das bedeutete, aber es musste etwas Tolles sein. Mama hatte das bewundernd gesagt.

"Ich bewundere gerade die Rosen. Herrlich, wie sie den ganzen Sommer geblüht haben und sogar jetzt noch blühen. Deine Tante hat offensichtlich einen grünen Daumen." Dann musterte sie Johanna und lächelte.

"Du hast eine neue Frisur!", stellte sie fest. "Das steht dir gut. Obwohl ich deine Zöpfe auch schön fand."

"Ja.", antwortete das Mädchen. "Aber Tante Hertha ist nicht so gut im Flechten. Deshalb wollte sie lieber kurze Haare."

"Aha!", nickte Frau Salzmann. "Das ist verständlich, oder?"

Johanna wusste nicht, ob sie jetzt gehen sollte oder ob Frau Salzmann sich noch weiter mit ihr unterhalten wollte. Sie mochte nicht unhöflich sein. Aber aufdringlich auch nicht.

Tatsächlich sprach die alte Dame noch weiter.

"Sag mal, Johanna, du warst ja schon ewig lange nicht mehr bei mir oben. Möchtestst du mich nicht mal wieder besuchen? Die Stifte, die Wasserfarben, der Zeichenblock - alles wartet auf dich!" Sie sah das Mädchen freundlich an und hob fragend die Augenbrauen.

Es stimmte. Seit ihre Mutter verschwunden war, hatte sie Frau Salzmann nicht mehr besucht. Sie hatte sich irgendwie geschämt; warum, wusste sie nicht.

"Es - es ist so viel passiert!", stammelte sie verlegen und errötete.

"Ja," , nickte Frau Salzmann, "ich weiß. Das ist alles - bestimmt schwierig für dich. Für euch alle." Sie seufzte. "Aber das Malen hat dir so viel Spaß gemacht."

Johanna nickte eifrig. "Oh ja!"

"Also, wenn du Lust hast, kommst du einfach. Wenn es dann grad nicht passt, verabreden wir uns richtig, ja? Aber frag deine Tante, ob du darfst." Sie wusste, Johannas Mutter hatte diese Besuche ihrer Tochter sehr gern gesehen. Aber wie das jetzt aussah, konnte die alte Dame nicht einschätzen.

Wieder nickte das Mädchen. "Danke, Frau Salzmann!"

"Bis bald, Johanna!"

"Ja, bis bald!" Johanna strahlte. Dann lief sie ins Haus.

Frau Salzmann sah ihr einen Augenblick nach. "Arme Kleine!", murmelte sie. Sie seufzte und machte sich auf ihren Weg ins Dorf.

Tante Hertha hatte nichts dagegen, als Johanna wenige Tage später Frau Salzmann besuchen wollte.

"Das ist eine sehr nette und gebildete Dame!", erklärte sie ihrer Nichte. "Ich unterhalte mich gerne mit ihr. Aber bitte hol Fiete vorher vom Kindergarten ab. "

Und dann setzte sie hinzu: "Und sei niemals aufdringlich, Kind. Frag immer, ob du auch nicht störst." Johanna nickte. Diese Regel kannte sie schon lange.

"Und vergiss nicht, dir eine saubere Schürze umzubinden."

Natürlich trödelte Fiete auf dem Nachhauseweg. Ausgerechnet heute! Und natürlich quengelte er, weil er mit wollte zu Frau Salzmann. Das lehnte Johanna entschieden ab, versprach aber zum Trost, ihm am Abend ein Stück von seiner Lieblingsgeschichte vorzulesen, dem "Wirtshaus im Weidenbusch", in der so viele Tiere die Weide besuchten.

"Alles!", forderte Fiete.

"Nein!" Johanna schüttelte den Kopf. "Das ist zu lang!"

Fiete begann wieder zu quengeln, bis seine Schwester ihm drohte, sie werde gar nichts vorlesen, wenn er

jetzt weiter meckere. "Und beeil dich endlich ein bisschen!"

Fiete sah verblüfft zu ihr auf. Konnte seine geduldige
Johanna wirklich so streng sein? Nun rannte er fast an
ihrer Hand, und als sie zu Hause ankamen, fragte er
ängstlich: "Und, liest du mir nun heute Abend vor,
Hannchen?"

Seine Schwester nickte. Sie hatte ein schlechtes Ge-
wissen, weil sie so streng mit ihm gewesen war. Aber
der Nachmittag war doch so kurz! Und sie freute sich
so auf den Besuch bei der Nachbarin.

Als Frau Salzmann öffnete und Johanna in ihr Wohnzimmer trat, musste sie erst einmal stehen bleiben.
Wie immer, fiel ihr Blick als erstes auf das große Bild
mit der Tänzerin in ihrem duftigen Rock, die sich vor
dem Eintretenden zu verneigen schien, einen Blumen-
strauß in der Hand. Und, wie immer, schwammen auf
dem Bild daneben die herrlichen Seerosen auf dem
Teich. Ach, und dort über dem Schreibsekretär hing,
wie es sich gehörte, das kleine Bild von dem Stieglitz,
der auf seinem Käfig hockte. Alles war so, wie es immer gewesen war. Johanna spürte, wie sie errötete
vor Aufregung. Vor Glück. Strahlend sah sie zu Frau
Salzmann, die ihr aufmunternd zunickte. Also tat Johanna das, was sie jedes Mal als erstes getan hatte,

wenn sie die Nachbarin besuchte: Sie wanderte einmal rundum durchs Zimmer und begrüßte jedes einzelne Bild. Frau Salzmann, im losen blaugrün gestreiften Hauskleid mit rundem weißen Kragen, beobachtete gerührt dieses kleine Ritual, die Hände tief in die großen Taschen des Kleides geschoben. Aus ihrem locker aufgesteckten Haar löste sich manchmal eine Strähne, die sie dann rasch hinters Ohr schob. Wie immer, blieb Johanna eine ganze Weile vor einem eher unauffälligen Bild stehen, auf dem nichts anderes als bloß ein Stück Wiese zu sehen war, wo jeder einzelne Grashalm, jedes kleine Pflänzchen genau aufgemalt war. Frau Salzmann hatte ihr erklärt, dass ein sehr berühmter Maler es vor langer Zeit gemalt hatte, bloß so ein Wiesenstück! Und so fein! Johanna fand das erstaunlich.

"So gut möchte ich auch mal Pflanzen malen können!" Dann deutete sie auf den Distelfink auf dem Käfig. "Und Vögel!"

Frau Salzmann lachte. "Na, dann los!" Sie machte eine einladende Handbewegung zum großen Esstisch hin, wo ihre eigenen Malsachen ausgebreitet waren und wo auch für Johanna Zeichenblock, verschiedene Stifte und Farbkasten bereit lagen.

Frau Salzmann selber zeichnete, mit dicken grauen Stiften. Sie hatte eine Postkarte mit einer Landschaftsansicht an die Blumenvase gelehnt. Immer wieder schaute sie zu dieser Landschaft hin. Sie arbeitete ganz vertieft.

Johanna hatte ihren Zeichenblock aufgeschlagen, aber ihre Hände lagen untätig auf dem weißen Papier. Ihr Blick wanderte immer wieder zu dem Rasenstück und zu dem kleinen Vogel.

"Probier's einfach aus!", sagte Frau Salzmann nach einer Weile, während sie prüfend über ihr eigenes Blatt hin sah. "Ein ganzes Blatt voll Grashalme. Einfach probieren." Sie lächelte vor sich hin und zeichnete weiter. Zögernd zog Johanna den Buntstiftkasten zu sich her und suchte alle Farben heraus, mit denen sie grün malen konnte. "Gelb und blau geht auch," murmelte sie vor sich hin, "und ich nehme auch braun dazu. Für die Erde." Frau Salzmann hatte ihre Arbeit unterbrochen und beobachtete, wie Johanna sich vorbereitete.

"Gut machst du das!" Sie nickte zufrieden. Dann nahm sie ihren Graphitstift und vertiefte sich wieder in ihre Zeichnung.

Johanna saß still auf ihrem Stuhl, die Hände im Schoß, und starrte auf das weiße Blatt. Die alte Dame wunderte sich etwas. Das Mädchen war sonst immer rasch an die Arbeit gegangen, sobald alles Notwendige bereit lag.

"Papa will sich scheiden lassen!", platzte es plötzlich aus Johanna heraus. Sie starrte weiter auf das weiße Blatt. "Ich habe - also, er hat das gesagt. Besprochen, mit meiner Tante." Sie schwieg. Dann sah sie Frau Salzmann an. "Ich wollte das nicht hören!", erklärte sie errötend. "Aber das Küchenfenster stand auf."

Frau Salzmann legte ihren Stift hin und seufzte. Sie nickte und sah Johanna offen an.

"Ja, Kind. Das habe ich mir schon beinahe gedacht."

""Aber - aber wenn Mama wiederkommt?" Johannas Stimme zitterte. "Glauben Sie, dass Mama..." Sie konnte nicht weitersprechen.

Die alte Dame wandte den Blick ab und starrte eine Weile aus dem Fenster. Dann wandte sie sich wieder dem Mädchen zu. Sie sah die Traurigkeit in Johannas Augen. Und die Angst. Aber was sollte sie ihr sagen? Natürlich hatte sie einiges mitbekommen, ihre Nachbarin öfter versucht zu trösten. Aber...nein.

"Mama und Papa haben sich oft gestritten. Furchtbar laut.", flüsterte Johanna. "Manchmal hat Papa..."

Frau Salzmann legte den Finger auf die Lippen.

"Nicht, Johanna. Wir wollen nicht darüber sprechen. Das gehört nicht in fremde Ohren. Aber ich denke, ich weiß Bescheid."

"Entschuldigung." Johanna senkte den Kopf.

Frau Salzmann legte ihre Hand auf den Arm des Mädchens und sagte leise: "Schon gut, Johanna, schon gut. Vielleicht glaubst du es nicht, aber ich bin sicher, deine Mama hat euch Kinder sehr lieb."

Johanna sah zweifelnd zu ihr auf.

"Doch! Das weiß ich." Die alte Dame nickte bekräftigend und hoffte, dass das Mädchen ihr glaubte.

Johanna hätte sie so gerne gefragt, ob sie denn wisse, wo ihre Mutter sei. Ob sie Elisabeth kenne, die Frau, die ihr Vater wohl heiraten wolle.

Aber sie hatte verstanden. Man durfte nicht alles sagen, nicht alles fragen. Es gehörte sich nicht. Und sie wollte doch Frau Salzmann nicht verärgern! Sie war so gern hier. Sie würde brav sein.

Bald war sie wieder in ihre Arbeit versunken.

Ihre Wiese. Die sollte nicht nur Grashalme haben, sondern auch Blumen. Mit Blüten. Gänseblümchen. Butterblumen. Vielleicht ein Marienkäferchen.

"Johanna!"

Es war ihre Tante, die rief. Johanna erschrak.

"Oh je! Ich muss noch Schulaufgaben machen!" Der Vater ließ sich die Aufgaben jeden Abend vorzeigen.

"Das schaffst du noch!", beruhigte sie Frau Salzmann.

"Sag der Tante, ich hätte ganz vergessen, auf die Uhr zu sehen." Sie zog Johannas Zeichenblock zu sich her, und während Johanna die Farbstifte sorgfältig einsortierte, betrachtete sie aufmerksam die Arbeit des Mädchens.

"Du hast einen guten Blick für diese kleinen Dinge, Johanna!" Sie nickte ihr anerkennend zu. "Ich glaube, das wird sehr schön!"

Johanna strahlte.

"Und jetzt - schnell nach unten!" Frau Salzmann schob ihre kleine Besucherin in Richtung Tür. "Das Aufräumen erledige ich heute allein."

"Darf ich wiederkommen?"

"Aber ja, mein Kind. Sehr gern. Nur immer vorher die Tante fragen. Nicht vergessen!"

Erleichtert sprang Johanna die Treppe hinunter. Frau Salzmann war ihr nicht böse wegen ihrer Fragen. Sie würde wieder malen dürfen.

* * *

Der Vater hatte sein Versprechen nicht vergessen - er würde sie wirklich mitnehmen zum Vögelbeobachten am Waldsee. Seinen Freund, Herrn Westermann, kannte Johanna aus der Schule. Er war der Lehrer der Großen. Sie mochte ihn gern. Er war ganz anders als ihr Vater: ein ruhiger, gemütlicher Mann, mit kugelrundem kleinem Bauch, über dem die Jacke aus weißem Drillichzeug spannte. Sein ebenfalls kugelrunder Kopf wurde gekrönt von weißem Stoppelhaar. Fiete und Johanna begrüßte er immer extra mit einem freundlichen Schnack, und er machte gern Witze. Aber von den anderen Schulkindern, von denen aus den höheren Klassen, wusste sie auch, dass er fuchsteufelswild werden konnte. Sein Zorn war gefürchtet, und der biegsame Haselstock in seinem Klassenraum noch mehr. Manchmal kriegte man eins mit dem Geigenbogen auf die Finger; das hatte Johanna selbst schon erlebt. Herr Westermann unterrichtete die jüngeren Schüler im Singen, und dabei begleitete er sie mit der Geige. Mama hatte manchmal mit ihm zusammen musiziert und sie hatte gesagt, er spiele außergewöhnlich gut. -

Natürlich hatte Tante Hertha zustimmen müssen, denn am Samstagnachmittag waren oft noch Arbeiten zu verrichten. Das galt auch für Johanna. Aber die Tante hatte gelächelt und gemeint, so tüchtig wie Johanna immer helfe, habe sie einen freien Samstag verdient. Die Straße werde dann eben mal nicht gefegt. Der Vater hatte ebenfalls gelächelt und genickt und Johanna hatte gestrahlt und sich mit einem Knicks bei Tante Hertha bedankt.

Fiete hatte natürlich gemault, aber der Vater hatte ihn nur mit gerunzelter Stirn angesehen und sehr ernst "Friedrich!" gesagt. Da war Fiete verstummt.

"Wenn du zur Schule gehst und gut lernst, dann nehmen wir dich auch mit auf Wanderungen, mein Sohn! Wenn du mal so tüchtig geworden bist wie deine Schwester!", hatte ihm der Vater versprochen.

"Und wenn du still sein kannst. Und weit laufen ohne zu jammern!", hatte Johanna mit der Überlegenheit der großen Schwester hinzugefügt.

Es wurde so schön! Sie wanderten, fast ohne zu reden. In Johanna wurde es ganz ruhig.

Immer wieder blieb Herr Westermann stehen, wenn er eine Vogelstimme erkannte, und flüsterte den Namen. Er deutete in die betreffende Richtung, und die beiden Männer suchten den Vogel mit ihren Ferngläsern. Herr Westermann half auch Johanna, die Vögel zu orten. Als sie einen Eichelhäher hörten, erzählte der Lehrer, von dem Vogel sei auch ein Exemplar im Sammlungsraum der Schule. Johanna sah ihn entsetzt an. Herr Westermann lachte leise. "Nicht lebendig, Hannchen. Ausgestopft. Noch ziemlich neu. Die Farben sind noch ganz kräftig."

Dann waren sie am Großen Waldsee angelangt. Sie saßen und warteten, ob Wildgänse kommen würden. "Sie rasten und übernachten hier gerne!" Herr Westermann sprach ganz leise. "Der See liegt wohl ziemlich genau auf ihrer Flugroute."

Aber noch war es still. Nur vereinzelt hörte man ein kurzes Schnattern oder Kreischen. Der sachte Abendwind raschelte im Reet. Manchmal landete eine Ente auf dem See und glitt plätschernd über die ruhige Wasserfläche.

Die Männer unterhielten sich. Meistens redete Herr Westermann; er erzählte leise und bedächtig. Er wolle im kommenden Sommer einen Kursus als Vogelberinger machen, in Rossitten, in Ostpreußen.

Johanna staunte, wie ruhig und geduldig ihr Vater sein konnte; wie leise er nachfragte; und nicht einmal die Stirn in Ärgerfalten zog, wenn Johanna etwas fragte. Sie fühlte sich ganz erwachsen. Der Lehrer gab geduldig Auskunft, als sie wissen wollte, warum und wie man das denn mache, die Vögel beringen. Sie mochte es kaum glauben, dass schon die kleinen Vogeljungen beringt würden. Doch, gerade im jungen Alter müsse man die Vögel mit Ringen versehen.

"Ja, man kann auf diese Weise eine Menge lernen über die Reisen der Vögel und über ihren Lebensraum!", erklärte er abschließend. "Und wann immer du mal einen Vogel mit Ring findest, egal ob tot oder lebend - guck genau nach, was auf dem Ring zu lesen ist! Am besten, du schreibst es dir auf."

Dann gab er ihr sein Fernglas, obwohl ihr Vater protestierte; so ein wertvolles Glas in Kinderhand! Ach was, meinte Herr Westermann, sie sei ein sorgfältiges Mädchen; sie solle ruhig ein bisschen üben damit umzugehen. Er zeigte ihr, wie das Glas einzustellen war, und entließ sie dann. "Guck mal, was sich alles auf dem Wasser und am Ufer tummelt. Du wirst staunen!" Er lachte und setzte sich wieder zu ihrem Vater auf den Baumstamm, der am Ufer lag.

Sie schwiegen wieder und lauschten. Vogelrufe waren zu hören; ein Eichelhäher schrie. Johanna versuchte, ihn mit dem Fernglas zu sichten. Dann verfolgte sie damit den Weg einer kleinen Maus, die suchend im Gras stöberte. Oben am Himmel kreiste ein großer Vogel. Ein Fischleib blinkte im Wasser. Der Vogel stieß herab auf den See, so schnell, dass Johanna erschrak. Die Männer sprachen leise miteinander. Die Dämmerung wurde tiefer.

Schließlich standen sie auf.

"Das wird wohl heute nichts!", meinte Herr Westermann ruhig. "Macht nichts. Vielleicht haben wir nächstes Mal mehr Glück."

Es war nun beinah dunkel, aber die Augen hatten sich darauf eingestellt.Trotzdem fand Johanna den Weg jetzt unheimlich. Die Wipfel der Bäume rauschten, immer raschelte und knackte es irgendwo. Einmal schrie ein Käuzchen, den Ruf kannte sie, und sie zuckte zusammen. Wenn das Käuzchen schreit, dann stirbt ein Mensch, so sagten die Leute...

Sie hörte Herrn Westermann leise lachen. Hatte er ihren Schreck bemerkt?

"Dummes Zeug, was da erzählt wird!", flüsterte er. "Wenn die Käuzchen im Kirchturm Junge haben, nehme ich dich mal mit rauf und zeige sie dir. Kleine Federbällchen sind das, die werden dir gefallen!"

Johanna schob ihre Hand in die ihres Vaters, und der hielt sie ganz gegen seine Gewohnheit fest, bis sie zu Hause waren.

Nein, es war gar nicht schlimm, dass die Wildgänse nicht gekommen waren. Das Mädchen schlief an diesem Abend zufrieden und glücklich ein.

Johanna hätte gern am nächsten Morgen beim Sonntagsfrühstück von dem Erlebnis erzählt. Aber als sie anfing damit, schnitt ihr der Vater das Wort ab.

"Beim Essen wird nicht geredet. Das weißt du, Johanna. Halte dich daran." Er war der strenge Vater, wie immer. Hatte er wirklich gestern Abend so tröstend ihre Hand festgehalten, fast den ganzen langen Rückweg vom See bis nach Hause?

Nach dem Frühstück ging sie, mit Fiete an der Hand, zum Kindergottesdienst. Wie immer. Auf dem Weg erzählte sie ihm ein bisschen; aber da sie weder einem

Bären noch einem Räuber begegnet waren und nicht mal eine Schar Wildgänse zu Gesicht bekommen hatten, wollte er gar nicht so viel davon wissen. In der Kirche traf sie zwar ihre Schulfreundinnen, aber dort durften sie natürlich nicht schwatzen. Sie verschloss das Erlebte in sich. Es würde ihr Geheimnis bleiben. Das war auch schön.

Einige Tage nach der abendlichen Waldwanderung war nach der Frühstückspause nicht Fräulein Kruse in Johannas Klasse gekommen, sondern Lehrer Westermann. Er brachte einen Vogel mit, der auf einem Aststück saß, ganz still, und der Ast war auf einem dicken Holzbrett befestigt. Herr Westermann stellte ihn aufs Lehrerpult.

Staunendes Gemurmel in der Klasse. Dann rief Neumeiers Jürgen: "Der ist ja nicht echt! Der ist ja ausgestopft!"

Herr Westermann zwinkerte ihm zu, drohte ihm aber doch mit erhobenem Zeigefinger, und alle wussten wieder: einfach in die Klasse rufen ist nicht erlaubt! Dann verkündete der Lehrer, er werde jetzt eine Naturkundestunde mit ihnen machen. Die Drittklässler durften sich um das Pult herum aufstellen, um den Vogel besser betrachten zu können.

Das sei ein Eichelhäher, begann Herr Westermann, und den gebe es in den umliegenden Wäldern. Er wies die Kinder auf die Besonderheiten des Gefieders hin, vor allem auf die Reihe von blauweißschwarzen Federchen an den Flügeln.

"So eine kleine Feder könnt ihr manchmal finden, wenn ihr im Wald spazieren geht!", erklärte er. "Also immer die Augen auf im Wald! Der erste, der mir so ein Federchen bringt, kriegt fünf Pfennig von mir."

Die Kinder wurden ganz aufgeregt und wären am liebsten gleich losgelaufen, aber Herr Westermann lachte und meinte, nein, nein, dafür sei am Nachmittag doch Zeit genug. Als alle sich beruhigt hatten, fuhr er mit seinen Erklärungen fort. Der Eichelhäher sei so etwas wie die Waldpolizei; wenn er Feinde vermute, warne er mit seinem Gekreisch die anderen Tiere.

Dann erzählte der Lehrer noch über sein Lieblingsthema, das Beringen von Vögeln. Und er versprach ihnen, an einem Wandertag mit ihnen und Fräulein Kruse eine Waldwanderung zu machen und Vögel zu beobachten.

Johanna, die in einer Bank ganz vorn saß, hörte kaum etwas von dem, was Herr Westermann erzählte, während er im Klassenraum umherwanderte. Sie hatte ihr Malheft vor sich auf den Tisch gelegt und hatte zu zeichnen begonnen. Ganz versunken in Schauen und Zeichnen saß sie da und arbeitete. Die Farben des Vogels würde sie sich merken, die konnte sie später bei Frau Salzmann auftragen. Im Griffelkasten hatte sie nur ihren Bleistift.

Sie war so vertieft, dass sie nicht merkte, wie der Lehrer hinter ihrer Bank stehen blieb und ihr über die Schulter sah. Er sprach weiter vom Eichelhäher und vom Leben im Wald und beobachtete dabei, wie unter den Händen des Mädchens der Vogel auf dem Papier Gestalt gewann.

Dann schwieg er. Die Kinder sahen alle zu Johanna. Das Mädchen zeichnete.

Es war ganz still in der Klasse. Gleich würde es ein Donnerwetter geben.

Herr Westermann beobachtete sie. Sein Gesicht war freundlich, wie die Kinder erstaunt registrierten. Jetzt lächelte er sogar.

"Johanna!", sagte er leise.

Sie schreckte hoch, sah schuldbewusst zu dem Lehrer auf und wurde rot. Das Heft hatte sie blitzschnell zugeschlagen und unter das Schreibheft geschoben.

"Nein, nein!" Herr Westermann schüttelte den Kopf. "Zeig mal!" Er streckte die Hand nach dem Heft aus.

Ängstlich zog es Johanna hervor und reichte es ihm. Der Lehrer ging damit zum Pult und legte es dort ab.

Es gab enttäuschtes Gemurmel in der Klasse. Eigentlich hätte es doch jetzt ein Donnerwetter geben müssen für die sonst so brave Johanna.

Als die Stunde vorbei war und die Kinder schwatzend an ihren Plätzen auf Fräulein Kruse warteten, winkte Herr Westermann Johanna zu sich nach vorn.

Ängstlich stand sie am Pult. Jetzt würde er schimpfen und schreien. Wenn er bloß ihrem Vater nichts sagte. Der Lehrer schlug das Heft auf, betrachtete noch einmal eine ganze Weile das Bild, dann reichte er Johanna ihr Heft. Er lächelte.

"Du hast ja richtig Talent, Mädchen!", bemerkte er. Er sah neugierig auf sie hinunter, nickte und murmelte, mehr zu sich selbst: "Mütterliches Erbteil vermutlich." Er seufzte. Dann gab er ihr das Heft zurück. "Aber im Unterricht musst du aufpassen, Johanna, nicht malen." Sie drückte das Malheft an sich und sah verlegen zu Boden. Sie hätte ihn gern gebeten, dass er ihrem Vater nichts sagen sollte, aber sie traute sich nicht.

"Frau Salzmann malt mit mir.", flüsterte sie. "Sie zeigt mir alles."

"Aha!" Herr Westermann nickte. "Sehr schön. Ja, ich glaube, die kennt sich aus. Malt selber auch, soweit ich weiß, oder?" Er machte eine Pause. "Der Eichelhäher ist noch nicht ganz fertig, nicht wahr? Mal sehen, was sich machen lässt." Mit diesen Worten schickte er Johanna an ihren Platz, nahm seinen Vogel und verließ den Klassenraum.

Als sie zwei Tage später zu Frau Salzmann kam, blieb sie verblüfft an der Türschwelle stehen und machte große Augen: Auf dem Arbeitstisch stand doch wahrhaftig der Eichelhäher aus der Schule! Fragend sah Johanna Frau Salzmann an.

Die lachte.

"Den hat Lehrer Westermann gebracht!", erklärte sie. "Damit du dein Bild fertig malen kannst, hat er gesagt. Und vielleicht könntest du sogar ein größeres Bild von dem Vogel malen, meinte er. Das würde er dann gern in der Schule aufhängen." Sie habe ihn zufällig beim Spazierengehen getroffen, und da hätten sie sich eine ganze Weile unterhalten. Da habe er vorgeschlagen, ihr den Vogel auszuleihen. "Groß darüber reden sollten wir lieber nicht, Johanna. Es ist ja nicht Herrn Westermanns Eigentum." Sie zwinkerte dem Mädchen lächelnd zu und legte den Finger an die Lippen.

Johanna war sprachlos.

"Und jetzt hol schnell dein Malheft! Ach so, fast hätte ich's vergessen: Deinem Vater hat Herr Westermann nichts davon gesagt. Von dem Malen im Unterricht, meine ich. Er sagt, Väter müssen nicht alles wissen."

* * *

Die Zeit verging, der Alltag nahm seinen gleichförmigen Verlauf. Ungewohnt ruhig waren diese Wochen.

Johanna empfand das, und sie spürte auch, dass diese Ruhe gut tat: keine lautstarken Streitereien, kein Weinen, keine schlechte Stimmung im Haus. Weniger Angst in der Nacht. Wenn da nur nicht immer wieder die Sehnsucht nach ihrer Mutter gewesen wäre.

Auch Fiete schien sich an die Situation gewöhnt zu haben. Zwar hatte er noch einmal ins Bett gemacht, aber das war nicht so eine Katastrophe geworden. Sie hatten, wie verabredet, schnell Tante Hertha Bescheid gesagt, und Johanna hatte das Laken abgezogen. Die Tante hatte zwar geseufzt, dann aber Fiete getröstet und Johanna gelobt. Der Vater hatte nichts davon mitgekriegt.

Im nächsten Januar würde Fiete seinen sechsten Geburtstag feiern und dann im April eingeschult werden. Johanna würde ins vierte Schuljahr kommen und ebenfalls im April zehn Jahre alt werden. Ob sie wohl im Jahr darauf in der nahen Stadt zum Gymnasium gehen würde? Aber wie sollte das gehen? Wenn sie daran dachte, wurde ihr bang zumute. Würde sie Mamas Fahrrad benutzen können? Sie konnte doch noch gar nicht richtig damit fahren. Aber sie wusste, dass sie gut war in der Schule. Sie lernte gern, und Vater hatte schon gesagt, sie solle nach der Volksschule weiter lernen. Aber wie? Sie wusste niemandem, mit dem sie darüber hätte reden können. Ach, Mama.

Die Kinder sprachen seltener von ihrer Mutter. Weil Fiete danach immer geweint hatte, sang Johanna ihm auch nicht mehr die Lieder vor, die sie mit ihrer Mutter gesungen hatten. In der Schule hatte sie neue gelernt, und die sang sie jetzt, wenn der kleine Bruder nicht einschlafen konnte.

Doch manchmal, aus heiterem Himmel, konnte es passieren, dass Fiete sie ängstlich fragte: "Aber an Weihnachten kommt sie doch, oder?" Seine Schwester brachte es nicht übers Herz, dann den Kopf zu schütteln. Sie nickte, und Fiete war zufrieden.

Johanna selbst dachte oft an ihre Mutter. Vor allem, wenn sie sich auf dem Klavier Melodien zusammensuchte und inzwischen sogar kleine Begleitungen dazu erfand. Manchmal auch, wenn sie oben bei Frau Salzmann saß und malte.

Das Bild mit den Gräsern und Wiesenblumen war längst fertig geworden und auch das mit dem Eichelhäher, und Frau Salzmann hatte geduldig alle Fragen beantwortet und ihr geholfen, wenn sie nicht wusste, wie sie etwas gestalten sollte: Wie konnte sie es hinkriegen, dass die Erde wirklich körnig aussah und feucht und die Blumenstiele rund wirkten und nicht bloß flache Striche waren? Wie konnte sie den Eichelhäher lebendig aussehen lassen? Sollte sie ihn auf einem Ast sitzen lassen? Wäre es gut, den Himmel dazu malen? Wolken?

Frau Salzmann schien sich über diese Fragen zu freuen, denn mehr als einmal sagte sie, es sei erstaunlich und sehr schön, dass Johanna sich so viele Gedanken über ihr Malen mache, nur so würde sie sich weiterentwickeln.

Ja, Johanna machte sich viele Gedanken. Sie hätte gern mit Frau Salzmann über die Sache mit dem Gymnasium geredet. Und sie gefragt, ob sie wohl etwas von ihrer Mutter gehört hätte. Auch, warum wohl ihr Vater nicht mit den Kindern redete über das, was werden würde. Ob Frau Salzmann das wohl erklären könnte?

Was denkt denn mein Vater bloß von uns? Er könnte uns doch einfach mal fragen. Und warum sagt er uns denn nicht, wo Mama ist?

Wie ein Eisstrahl durchfuhr sie dann die Erinnerung an das belauschte Gespräch zwischen ihrem Vater und Tante Hertha. Scheidung. Elisabeth. Aber Frau Salzmann hatte ja gesagt, es gehöre sich nicht, das zu besprechen. Und Tante Hertha zu fragen traute sich Johanna auch nicht.

Es war noch keine Elisabeth zum Sonntagskaffee gekommen. Das Leben mit der Tante hatte sich eingespielt. Der Vater ließ sie "schalten und walten", wie er sagte. Abends war er oft weg; er erwähnte Versammlungen und Wahlen. Im Dorf hingen viele Plakate. Manchmal marschierten Gruppen von Männern, die schrien laut irgendetwas und sangen sehr laut. Johanna verstand das alles nicht. Sie mochte es nicht, wenn Menschen laut waren und trampelten. Herdmanns Hans aus der vierten Klasse (dessen Vater der Wirt vom Gasthaus "Eichenbaum" war), hatte von Schlägereien erzählt. Die anderen Kinder fanden das spannend, besonders die Jungen. Johanna machte all das Angst.

* * *

Der erste Advent kam. Johanna liebte diese besondere Zeit; wenn Mama mit ihnen Weihnachtslieder sang und dazu Klavier spielte, wenn die Kinder helfen durften beim Plätzchenbacken, wenn die Zimmer weihnachtlich geschmückt wurden und wenn es im Haus nach Tannenzweigen roch...
Doch in diesem Jahr spürte sie nichts von der erwartungsvollen Fröhlichkeit, die sonst in diesen Wochen aufkam.
Sicher, sie hatten einen Adventskranz, einen ungewöhnlich großen sogar. Tante Hertha hatte ihn, gemeinsam mit anderen Frauen des Dorfes, an einem Abend auf der Tenne vom Bauern Wilke geflochten.

Das Tannengrün für all die Kränze hatten die Männer mit Hilfe der Waldarbeiter und des Försters aus dem Wald herbeigeschafft. Ach, wie schön war es immer gewesen, wenn Mama und Papa mit ihr und Fiete in den Wald gegangen waren und Zweige geholt hatten und Mama dann den Kranz geflochten hatte. Aber der Vater hatte in diesem Jahr keine Zeit dafür.

Es gab kein Klavierspiel und kein Singen. Das Plätzchenbacken erledigte Tante Hertha allein. Als Johanna zaghaft gefragt hatte, ob sie und Fiete nicht helfen könnten dabei, hatte die Tante abgewehrt. "Das braucht zuviel Zeit!", hatte sie gemeint, und damit war die Sache klar.

Als Tante Hertha am Sonnabend vor dem dritten Advent Backzutaten, Rührschüssel und anderes Gerät auf den Küchentisch räumte und sich die Schürze umband, traute sich Johanna zu fragen, ob sie jetzt noch einmal Plätzchen backen wolle?

"Nein, mein Kind, Plätzchen haben wir genug. Das wird ein Apfelkuchen. Für morgen.", gab ihr die Tante knapp zur Antwort. Sie verrührte rasch und konzentriert Margarine mit Zucker. "Hol doch bitte die Äpfel aus der Speisekammer. Die, die schon geschält und geschnitten sind." Johanna gehorchte. Tante Hertha schlug jetzt nach und nach Eier in die Rührschüssel.

"Wir werden an Weihnachten doch gar nicht hier sein!", sagte sie und warf ihrer Nichte einen flüchtigen Blick zu.

Johanna erstarrte.

"Ich muss doch endlich wieder nach Hause und mich um meine alten Eltern kümmern!", fuhr die Tante fort, ohne das Mädchen weiter zu beachten und ohne ihre Arbeit zu unterbrechen. "Wir werden dort Weihnachten feiern. Oma und Opa freuen sich schon auf euch!"

"Aber...aber...", Johanna schluckte und bemühte sich, nicht zu weinen.

"Ach, das wird schön, Johanna!" Die Tante lächelte dem Mädchen aufmunternd zu, während sie Mehl und Backpulver mischte und in den Teig rührte. Dann fettete sie mit dem Margarinepapier die Backform ein, füllte den Teig in die Form und verstrich ihn. "Und nach Weihnachten kommt eine nette junge Frau zu euch zum Helfen. Elisabeth heißt sie." Sorgfältig verteilte sie die Apfelschnitze auf dem Teig. "Weißt du, ich muss mich doch wieder um Oma und Opa kümmern. Seit einem Dreivierteljahr bin ich jetzt bei euch. Und sie kommen nicht mehr so gut allein klar." Rasch schob sie die Kuchenform in den Backofen. "Das verstehst du doch."

Aufatmend wischte sie die Hände an der Schürze ab und sah Johanna an.

"Morgen kommt Elisabeth zum Kaffee. Sie ist wirklich sehr nett!", sagte sie, lächelte und nickte bekräftigend.

In dieser Nacht konnte Johanna kaum schlafen. Fiete hatte sie nichts gesagt von den Neuigkeiten.

Ihre Gedanken kreisten. Elisabeth also.

Waren die Eltern schon geschieden? Warum bekamen sie, die Kinder, nichts gesagt? Was bedeutete das alles?

Vielleicht - vielleicht kam Mama ja doch noch. Vor Weihnachten. Und holte ihre Kinder zu sich.

Sollte sie Fiete einweihen?

Vielleicht, wenn sie beide ganz tüchtig weinten...

Nein, das war nicht gut. Man musste brav sein. Es war besser, den Vater nicht zu verärgern. Nein, bloß nicht wieder Ärger und Streit.

Dann war Sonntag, und Elisabeth war da.

Johanna war erleichtert, dass sie ganz helles Haar hatte. Und grüne Augen. Und sie war wirklich nett. Tante Hertha hatte recht.

Sie war eine junge Frau, jünger als Mama. Das sah Johanna sofort. Das weizenblonde Haar hatte sie in einem Zopfkranz um den Kopf gelegt. Hübsch sah sie aus in ihrem taubenblauen Kleid mit den roten Knöpfen und dem roten Gürtel, fand das Mädchen.

Fiete starrte sie ungeniert mit großen Augen an, als der Vater sie vorstellte. Er gab ihr die Hand und machte die vorschriftsmäßige Verbeugung. Und starrte weiter.

"Friedrich!", mahnte der Vater, ungewöhnlich sanft. "Man starrt Leute nicht an. Das weißt du doch."

"Du bist aber schön!", platzte der kleine Junge heraus und wurde rot.

Die Spannung im Raum löste sich auf; alle lachten, sogar der Vater, der offensichtlich gar nicht daran dachte. seinen Sohn wegen der vorlauten Bemerkung zu bestrafen. Trocken bemerkte er nur: "Mein Sohn hat einen guten Geschmack!" Johanna wunderte sich. Man setzte sich zum Kaffeetrinken. Die Erwachsenen unterhielten sich. Elisabeth lobte den Apfelkuchen. Der Vater pries die Kochkunst seiner Schwester und empfahl Elisabeth, sich von ihr Rezepte geben zu lassen. Elisabeth wurde ganz verlegen. Tante Hertha lächelte nur, schüttelte den Kopf und mahnte: "Na, Rudolf, nun übertreibe mal nicht!" Aber Johanna sah, dass sie sich freute.

Johanna zwang sich zu lächeln, es gelang ihr. Bloß nicht zeigen, dass sie traurig war und Angst hatte. Sie wusste nicht, warum. Es war doch alles gut. Und es würde doch auch alles gut werden. Der Vater war gut gelaunt. Elisabeth war nett. Es gab keinen Streit.

"Elisabeth wird uns im neuen Jahr helfen!", erklärte der Vater jetzt. Tante Hertha kann ja nicht ewig bei uns bleiben. Sie muss..."

"Die Kinder wissen Bescheid, Rudolf.", unterbrach ihn seine Schwester. "Ich habe es ihnen schon erklärt."

Der Vater zog die Augenbrauen hoch, sagte aber nichts. Johanna sah ängstlich zu Fiete. Sie bemerkte, dass er zu Tante Hertha hinsah, die ihm aufmunternd zuzwinkerte. "Nicht, Fiete?"

Fiete nickte heftig, aber Johanna schien es, als würde er gleich zu weinen beginnen. Sein Blick wanderte von Tante Hertha zu Elisabeth, und er grinste. Johanna atmete erleichtert auf.

"Ich freu mich auf die Arbeit hier und auf euch!", sagte Elisabeth leise und lächelte den Kindern zu. Alle schwiegen. Johanna stocherte in ihrem Kuchen herum.

"Johanna wird dir bestimmt gern helfen!", bemerkte der Vater. "Nicht wahr, Johanna?"

Johanna nickte. Etwas sagen konnte sie nicht.

"Sie ist doch sehr nett, nicht?", konstatierte Fiete, als sie abends in ihren Betten lagen. "Und sie ist schön!"

Johanna spürte, wie Ärger in ihr hochstieg.

"Mama ist schöner!", zischte sie.

"Mama ist weggelaufen!", erklärte Fiete ganz ruhig, und ehe Johanna etwas entgegnen konnte, fuhr er fort: "Tante Hertha hat das gesagt. Und das stimmt auch." Dann, sehr leise: "Ich glaube nicht, dass sie an Weihnachten kommt. Tante Hertha hat gesagt, nein, macht sie bestimmt nicht."

Johanna schwieg. An diesem Abend war sie diejenige, die sich in Schlaf weinte.

Es wurde kein fröhliches Weihnachtsfest. Zwar hatten die Großeltern einen schönen großen Weihnachtsbaum besorgt, und die Kinder durften beim Schmücken helfen. Tante Hertha machte eine Quarktorte, die die beiden Kinder so gern aßen. Großmama spendierte ein Glas ihrer eingeweckten Himbeeren als Weihnachtsnachtisch. Großpapa machte Witze und las ihnen vor. Aber Fröhlichkeit - nein, die kam nicht auf. Der Vater kam nur am ersten Feiertag vorbei, zum Mittagessen. Er müsse arbeiten. Großpapa grinste, als er das sagte. Großmama sah ihn strafend an, da grinste Großpapa nicht mehr.

Als sie wieder zu Hause waren, stellte Johanna fest, dass manches fehlte. Die Schublade in der Flurkommode, in der Mamas Tücher und Handschuhe gelegen hatten, war leer. Die beiden Gemälde mit Ansichten von Südfrankreich und von Paris, die im Wohnzimmer gehangen hatten, waren weg.

Heimlich öffnete Johanna eines Nachmittags den elterlichen Kleiderschrank. Mamas Wäschefächer waren leer. Ihre Kleider waren verschwunden. Hatte Mama die Sachen abgeholt? Hatte der Vater sie weggegeben? Das Mädchen starrte ratlos in den Schrank.

Im Januar begann die Zeit mit Elisabeth.

"Du wirst ihr helfen!", hatte der Vater Johanna mit ernster Miene beauftragt. "Tante Hertha hat ihr vieles erklärt, aber bestimmt muss sie manchmal fragen." Johanna kenne sich ja schon gut im Haushalt aus, sie sei ein großes und vernünftiges Mädchen, und er erwarte, dass sie Elisabeth unterstütze.

Die Tatsache, dass die Mutter an Weihnachten wirklich nicht gekommen war und auch nicht mal einen Brief geschrieben hatte, hatte das Mädchen tief verletzt und Groll in ihr geweckt und Trotz. Ja, sie würde Elisabeth gern helfen, hatte sie dem Vater versprochen.

Die junge Frau war eine zurückhaltende und stille Person. Sie hatte als Kindergärtnerin in der Kreisstadt gearbeitet, wo sie auch aufgewachsen war. Ihre Eltern besaßen dort ein Schuhgeschäft.

Sie drängte sich den Kindern nicht auf, fragte selten etwas und hörte ihnen geduldig und aufmerksam zu, wenn sie etwas erzählten. Als Johanna nach langer Pause wieder einmal am Klavier saß und sich eine Melodie zusammensuchte, sprach Elisabeth sie hinterher darauf an.

"Das hat mir gefallen!", sagte sie nur und lächelte.

"Hast du Klavierunterricht?"

Johanna schüttelte nur den Kopf. Elisabeth fragte nicht weiter; aber sie gestand, dass sie gern singe. "Du auch?" Und dann sang sie einfach leise eins von den Morgenliedern, das sie oft mit den Kindergartenkindern gesungen hatte. Ohne zu überlegen, sang Johanna mit. Kurz sahen sie sich an und lachten. Dann vertiefte Elisabeth sich wieder in ihre Arbeit und putzte Gemüse. Johanna holte ihre Schulsachen in die Küche, breitete Heft und Buch auf dem Tisch aus und machte sich an ihre Schularbeiten.

* * *

Die Unruhe im Dorf wuchs. Schlägereien wurden häufiger. Im Gasthaus "Eichenbaum" wurde einmal abends fast das ganze Mobiliar zertrümmert, als sich die Männer prügelten. Braune waren das und Rote, wusste Herdmanns Hans, und die Braunen, die wären die Stärkeren! Und die Besseren! Er war ganz stolz, als er davon erzählte, obwohl es doch die Sachen von seinem Vater waren, die kaputt gemacht worden waren. Hans schien das nicht schlimm zu finden.

Johanna hörte voller Schrecken von diesen Dingen. Sie vermied es ins Dorf zu gehen, wenn es dämmerte. Was genau da drohen könnte, wusste sie nicht. Ihren Vater mochte sie nicht fragen. Einmal hatte sie es versucht und nur zur Antwort bekommen, dass sie das noch nicht verstehen könne, sie sei dafür zu klein. Es war gut, dass Elisabeth jetzt da war. Leider ging sie abends immer nach Hause, in ihr Zimmerchen bei Gartelmanns.

"Warum wohnst du nicht bei uns, Tante Elisabeth?", hatte Johanna sie schließlich einmal gefragt. "Frau Salzmann würde dir bestimmt ein Zimmer abgeben. Das, wo Tante Hertha geschlafen hat."

Elisabeth war rot geworden und hatte mit den Schultern gezuckt und hatte nur "Ach nein, es ist besser so!" gesagt. Johanna fand das schade. Sie hätte weniger Angst gehabt mit Elisabeth im Haus. Der Vater war oft abends nicht da.

Es blieb ihr nichts anderes übrig, als ihre Ängste wegzuschieben. Sie irgendwie in sich zu verschließen. Und dafür zu sorgen, dass Fiete nichts davon mitbekam. Umso mehr freute sie sich auf jeden Malnachmittag bei Frau Salzmann. Auch die alte Dame schien nervös zu sein und irgendwie unruhig, das spürte Johanna. Aber es stand ihr nicht zu, die Nachbarin mit Fragen zu belästigen. Also vertieften sich beide in ihre Arbeit.

* * *

"Es ist so schön für mich, wenn du kommst! Ich freue mich immer richtig auf unsere Nachmittage.", hatte Frau Salzmann einmal zu ihr gesagt, als das Mädchen sich verabschiedete. Johanna hatte sie verwundert angesehen. Sie war doch bloß ein kleines Mädchen. Aber sie hatte genickt und sich gefreut und war glücklich die Treppe hinuntergesprungen.

Frau Salzmann hatte jetzt angefangen, ihr das Malen mit Aquarellfarben zu zeigen. Johanna war begeistert. Es gab ja so viele Möglichkeiten, die Farben zu mischen und noch auf dem Papier zu verändern! Frau Salzmann hatte ihr ein großes Männerhemd zum Überziehen gegeben, damit sie sich vor Farbklecksen schützen konnte.

Immer öfter betrachteten sie auch gemeinsam Bilder in den dicken großen Büchern der Nachbarin, und Johanna lernte sehen. Genau hingucken. Kleinigkeiten entdecken, das ganz besonders, weil Johanna "dafür ein Auge hatte", wie Frau Salzmann sagte. Nach wie vor waren ihr kleine zarte Dinge und kleinformatige Bilder am liebsten. Frau Salzmann hatte ihr einmal ihre Staffelei gezeigt, auf der eine große Leinwand stand, worauf noch wenig zu sehen war. Sie hatte ihr auch die Pinsel, die Farben und die Spachtel gezeigt, mit denen sie dort arbeitete. "Vielleicht kriegst du ja später einmal Lust dazu!", hatte sie gemeint. Johanna konnte sich das kaum vorstellen.

Weder Elisabeth noch ihrem Vater erzählte sie etwas von ihren Nachmittagen bei Frau Salzmann; auch die fertigen Bilder ließ sie oben. Sie hätte nicht sagen können, warum. Es erschien ihr einfach besser so. Einmal hatte sie gehört, wie ihr Vater und Elisabeth sich in Vaters Arbeitszimmer unterhielten. Sie hatte nicht lauschen wollen, suchte nur gerade etwas in der Flurkommode, doch als sie ihren eigenen Namen hörte, hielt sie inne und lauschte aufmerksamer. Ob Johanna nicht Klavierstunden nehmen sollte, hatte Elisabeth gefragt, sie sei ganz offensichtlich musikalisch begabt.

"Auf gar keinen Fall!" Die Stimme des Vaters war schneidend und laut gewesen, wie sie sonst nie war, wenn er mit Elisabeth sprach. "Die eine Musikerin im Haus hat mir gereicht! Sentimentaler Kram." Elisabeth hatte leise irgendetwas geantwortet, was Johanna nicht verstanden hatte. Sie war ganz schnell in die Küche geschlichen.

Es wurde ein Jahr der Veränderungen.

Im April wurde Fiete eingeschult. Er war ganz stolz auf seinen neuen Schulranzen, auf den Griffelkasten und auf die Schiefertafel, an der ein Lappen hing: wenn er mit dem Schwämmchen aus der Schwammdose die Tafel abgewischt hatte, konnte er sie mit dem Lappen sogleich trockenwischen. Elisabeth hatte ihm den Lappen gehäkelt, in gelb und weiß, und sie hatte auch eine Schnur zum Anhängen drangehäkelt. Die große Schwester hatte ihm schon ein paar Buchstaben beigebracht, die hatte er auf der Tafel geübt und sie wieder weggewischt. Das mit dem Schreiben fand er schwierig. Die Buchstaben hatten aber auch eine komische Form! Und sie sahen sich so ähnlich. Aber Elisabeth tröstete ihn: Das gehe vielen Kindern so, am Anfang. "Keine Bange, Fiete!" Sie war es auch, die ihn am ersten Schultag begleitete. Fiete hatte allein gehen wollen, er war doch jetzt schon groß! Aber der Vater hatte bestimmt, dass Elisabeth ihn bringen solle, und dann wurde es so gemacht, und eigentlich war Fiete dann doch auch ganz froh, dass sie dabei war.

Johanna hatte jetzt das kleine Kämmerchen neben der Küche als eigenes Zimmer bekommen, das früher als Abstellraum genutzt worden war und in letzter Zeit als Bügel- und Nähzimmer diente. Es hatte einen Zugang vom Flur, und Johanna fühlte sich ganz erwachsen mit diesem eigenen Zimmer. Zwar standen hier weiterhin Bügelbrett und Wäschekorb, und in dem großen Schrank wurden Handtücher, Bettwäsche und Wintersachen aufbewahrt, aber sie hatte dort auch genügend Platz für sich. Und vor allem war hier nicht nur ihr Bett aufgestellt; vor dem Fenster stand ein kleiner Tisch, an dem sie ihre Schulaufgaben machen konnte. Obwohl sie sich dazu nach wie vor auch gern an den Küchentisch setzte, wenn der Vater nicht da war und sie Elisabeth nicht bei der Arbeit störte. Elisabeth fand das wohl in Ordnung, jedenfalls sagte sie nie etwas dagegen.

Ein eigenes Zimmer! Wer hatte das schon. Allerdings war es doch seltsam, so allein zu sein. Vor dem Einschlafen nicht mehr mit Fiete schwatzen zu können. Das fiel beiden Kindern anfangs schwer. Aber sie trauten sich nicht, sich trotz des väterlichen Verbotes gegenseitig in ihren Zimmern zu besuchen. Einmal abends hatte Johanna nachsehen wollen, ob Fiete weine - sie meinte, so etwas gehört zu haben. Natürlich war genau in dem Moment ihr Vater aus dem Arbeitszimmer gekommen, und es hatte ein Donnerwetter gegeben.

So kam es, dass die Kinder nur noch selten von ihrer Mutter sprachen. Aber der Schmerz war noch da, wie Johanna eines Tages bewusst wurde.

Sie hatte mittags den Schulranzen wie immer in ihre Kammer gebracht, und zu ihrer Überraschung stand dort an der Wand, nicht weit vom Tischchen, ein schmales halbhohes Regal. Was für eine Freude! Das konnte sie so gut gebrauchen. Und wie edel es aussah: aus dunklem Holz, glänzend lackiert, am oberen Rand der Rückwand eine feine schnörkelige Leiste. Irgendwie kam es Johanna bekannt vor. Das war doch...Ihr Herz klopfte aufgeregt. Sie schlich zum Wohnzimmer, öffnete die Tür - und blieb erstarrt stehen.

Das Klavier war weg. Der Klavierhocker war weg. Die Notenhefte und Liederbücher waren weg.

Das Regal in ihrem Zimmer gehörte neben das Klavier. Für die Notenbücher. Für die Liederbücher. Mamas Klavier. Mamas Noten.

Johannas Kehle war ganz trocken. Sie wollte schreien, ganz laut, aber sie schrie nicht. Sie stand nur da und starrte und konnte es nicht fassen. Warum...

"Mama!", flüsterte sie endlich.

"Johanna?" Elisabeth rief sie. Das Mädchen wollte zu ihr gehen, aber es ging nicht.

"Johanna." Elisabeth war hinter sie getreten. Behutsam legte sie ihre Hände auf die Schultern des Kindes. Johanna rührte sich nicht.

"Ich hab deinem Vater gesagt, wir sollten es lieber behalten.", sagte Elisabeth leise. "Du wärst musikalisch, vielleicht solltest du irgendwann Klavierstunden kriegen." Sie seufzte. "'Genau deshalb soll das Ding weg!' , hat dein Vater gesagt. Heute Morgen haben sie es abgeholt." Sie schwieg. "Ich finde es auch schade, Johanna."

Endlich weinte das kleine Mädchen.

Der Schmerz um ihre Mutter war wieder da. Was sollte sie bloß machen. Johanna wusste es nicht.

Frau Salzmann sah mit Sorge den Kummer in Johannas Gesicht. Oft starrte sie lange bloß auf ihr Blatt anstatt zu malen. Wie konnte sie das Kind bloß etwas aufmuntern. Die alte Dame war ratlos. Sie mochte sich nicht einmischen in das Familienleben ihrer Mieter; sie fürchtete zudem die Zornesausbrüche von Johannas Vater. Wie oft war ihre Mutter nach lautem Geschrei weinend zu ihr gekommen... Sie war auch unsicher, wie dem Mädchen geholfen werden konnte. Hinzu kam, dass sie beunruhigt war, wie ihr eigenes Leben weitergehen würde. Die Zeiten versprachen nichts Gutes. Vielleicht war es besser, in die Großstadt zu ziehen, wo auch ihre Tochter wohnte. Die Unruhen in diesem kleinen Dorf hatten ihr Angst gemacht, auch wenn es im Augenblick friedlich schien. Die Menschen hatten sich verändert.

Die Zeit der Fliederblüte kam. Bei einem ihrer vormittäglichen Spaziergänge blieb Frau Salzmann entzückt an einem Vorgarten stehen: ein üppiger großer Fliederbusch, blassviolett blühend, reckte seine blütenschweren Zweige weit über den Zaun. Was für eine Pracht. Und dieser Duft! Sie schloß die Augen und schnupperte.

Die alte Dame überlegte nicht lange. Kurz entschlossen klinkte sie das Gartentörchen auf und ging zum Haus.

Ob man ihr wohl zwei oder drei Zweige von dem herrlichen Fliederbusch abgeben würde? Nur kurze Zweige? Die Hausfrau lachte und nickte. Ja, der Flieder sei besonders schön in diesem Jahr, und es freue sie, wenn auch andere sich an ihrem Flieder erfreuten. Sorgfältig suchten sie drei passende Zweige aus und die Hausfrau schnitt sie ab. Den Dank von Frau Salzmann wehrte sie ab. "Schon gut. Kommen Sie gern wieder vorbei!"

Die Zweige wurden in ein schlichtes hohes Glas gestellt. Nichts sollte der Blütenschönheit Konkurrenz machen. Auf dem großen Wohnzimmertisch, an dem sie üblicherweise arbeiteten, würden die Blumen richtig sein. Ein leiser Fliederduft breitete sich im Zimmer aus. Am Nachmittag wollte Johanna zum Malen kommen. Der Strauß würde ihr mit Sicherheit gefallen, und vielleicht würde sie ihn malen wollen, und das würde ihr guttun.

Und in der Tat - als Johanna den Strauß erblickte, blieb sie stehen. Ihr Gesicht wurde hell von einem Lächeln.

"Och, ist der schön!" Sie lächelte und schaute - und begann plötzlich zu weinen. "Meine Mama...", schluchzte sie.

Frau Salzmann biss sich auf die Unterlippe. Dass sie daran nicht gedacht hatte! Johannas Mutter hatte Flieder geliebt und immer wieder bedauert, dass sie keinen Busch im Garten hatten. Was sollte sie jetzt bloß machen. Was war richtig.

"Komm, Johanna.", sagte sie und schob das schluchzende Mädchen zum Tisch. "Ich dumme alte Frau hatte es ganz vergessen. Aber du nicht. Deine Mama mochte Flieder gern, nicht? Mal den Flieder. Er steht da extra für dich. Mal ihn. Deine Mama würde sich so darüber freuen! Sie wäre so stolz auf dich!" Was rede ich hier bloß, dachte sie hilflos, hoffentlich mache ich nicht alles noch schlimmer. Wie konnte ich das vergessen. Sie hielt Johanna an beiden Händen, sah ihr ins Gesicht und nickte, um ihre Worte zu bekräftigen.

"Komm, setz dich. Ich hole uns eben ein Glas Saft, ja?" Als beide in ihre Arbeit vertieft waren, löste sich die Spannung. Immer wieder ließ sie den Blick zu Johannas Blatt wandern. Mit Erleichterung sah sie, wie kräftige, helle Farbigkeit ihr Bild zum Leuchten brachte.

Plötzlich sah das Mädchen auf und blickte Frau Salzmann an.

"Aber warum - warum hat Vater ... das gemacht ... das Klavier verkauft?"

Die alte Dame spürte, dass es für diese Frage viel Mut gebraucht hatte. Sie sah Johanna nachdenklich an.

Erst nach einer ganzen Weile sagte sie: "Deinem Vater hat deine Mama sehr wehgetan mit ihrem Weggehen, denke ich. Er hat sich viel dummes Zeug anhören müssen deswegen." Sie machte eine Pause und sah nachdenklich aus dem Fenster, ehe sie weitersprach.

"Ich glaube, das Klavier hat ihn immer wieder daran erinnert. Sowas hält man nicht gern aus. Das ist schwer." Ihr Blick blieb auf Johannas Gesicht, auf dem sie Erstaunen las.

"Das wusste ich ja nicht!", sagte das Mädchen leise und schüttelte den Kopf.

Als sie ging, erschien sie Frau Salzmann entspannter als in den letzten Tagen.

Hoffentlich habe ich nicht zuviel Unsinn geredet und dem Kind nicht zuviel zugemutet, dachte sie, als sie die Tür hinter Johanna schloss.

Es war Anfang Dezember, als der Vater eines Nachmittags ungewöhnlich früh nach Hause kam. Elisabeth
und die beiden Kinder, am Küchentisch mit den
Schulaufgaben beschäftigt, sahen sich erstaunt an, als
sie seine Schritte im Flur hörten.

Dann rief er nach Elisabeth.

"Schreib weiter!", ermahnte sie Fiete und huschte aus
der Küche. Johanna hatte bemerkt, dass sie rot geworden war.

Ihr Herz klopfte aufgeregt. Was hatte das zu bedeu-
ten? Fiete hatte aufgehört zu schreiben und sah seine
Schwester an. Die zuckte mit den Schultern.

Als sie gerade etwas sagen wollte, öffnete Elisabeth
die Tür. Sie strahlte.

"Kommt!", sagte sie nur.

Im Arbeitszimmer lehnte der Vater ungewöhnlich
lässig am Schreibtisch. Er lächelte, als Elisabeth mit
den beiden Kindern eintrat. Johanna war erleichtert.
Dann war es wohl nichts Schlimmes.

Elisabeth trat neben ihn und hakte sich bei ihm ein.
Der Vater hielt einen Umschlag in der Hand, aus dem
ein Brief hervorsah. Er lächelte Elisabeth zu, sah dann
die Kinder an und räusperte sich.

"Eure Mutter hat unsere Familie im Stich gelassen!",
begann er. "Sie will und wird nicht wieder zurück-
kommen. Wir sind jetzt geschieden." Er hielt kurz den

Briefumschlag hoch. "Elisabeth wird eure neue Mutter sein. Wir werden heiraten, voraussichtlich im Februar." Er machte eine Pause und sah Elisabeth an. Sie nickte. "Ich möchte,", fuhr der Vater fort, dass ihr Elisabeth Mutter nennt. Mama - das will ich nicht mehr hören. Natürlich wird sie dann bei uns wohnen." Wieder sah er zu Elisabeth, lächelnd. Die junge Frau errötete.

Die Kinder sahen von einem zum andern.

Auf Fietes Gesicht breitete sich ein vergnügtes Grinsen aus. Es war offensichtlich, dass er sich freute.

"Au ja!"

Die beiden Erwachsenen lachten.

"Kann ich Mutti sagen? Das sagt Neumanns Helmut auch zu seiner Mutter."

"Ja, kannst du!", bekam er zur Antwort.

Johanna hatte den Kopf gesenkt. Sie stand stumm da und bemühte sich, die Tränen zurückzuhalten.

"Johanna!?" Die Stimme des Vaters war streng.

"Bitte, Rudolf. Lass ihr Zeit." Elisabeth, freundlich, sanft.

"Ist gut!", flüsterte Johanna und hob den Kopf, sah ernst zu Elisabeth. "Mutti."

Viel später hatte Johanna gedacht, dass eigentlich damit, genau zu diesem Zeitpunkt, ihre Kindheit zu

Ende gewesen war. Da fiel es dann kaum noch ins Gewicht, dass sie kurz nach der Heirat des Vaters mit Elisabeth in die Kreisstadt zogen. Das bekräftigte lediglich den schon gesetzten Einschnitt. Der Vater müsse jetzt dort im Amt arbeiten, war den Kindern erklärt worden.

Als der Vater ihnen die Tatsache des bevorstehenden Umzuges mitgeteilt hatte, war Johanna erschrocken gewesen.

Frau Salzmann! Das Malen!

"Es ist so schön, wenn du zum Malen kommst!" Das Mädchen hatte noch die Worte der alten Dame im Ohr. Es stellte sich jedoch heraus, dass auch Frau Salzmann das Dorf verlassen würde. Sie werde zu ihrer Tochter nach Berlin ziehen, das sei besser, erklärte sie Johanna. Ohne ihr zu sagen, warum das besser sei. Fragen mochte das Mädchen nicht.

"Das Haus ist schon so gut wie verkauft, Kind. Siehst du, so fügt sich alles!"

Sie lächelte, aber Johanna spürte, dass sie traurig war.

"Wir haben ja noch ein paar Wochen Zeit!", fuhr Frau Salzmann fort. "Lass uns die Zeit nutzen, dann kannst du später auch allein weiterarbeiten."

Und das taten sie.

Da die alte Dame wusste, dass Johannas Vater deren künstlerische Begabung wohl kaum fördern würde, packte sie ihr zum Abschied reichlich Papier, Farben und Handwerkszeug zusammen. Und - zu Johannas Überraschung - gab sie ihr eine Mappe, in der sie die bisherigen Arbeiten des Mädchens gesammelt hatte. Johanna war ganz erstaunt. "So viel habe ich gemalt?" Frau Salzmann nickte. "Und da ist noch Platz für viele weitere Blätter!", gab sie ihr mit auf den Weg.

Der Abschied wurde den beiden sehr schwer und war tränenreich. Johanna bekam ein flaches Päckchen als Abschiedsgeschenk - mit der Auflage, es erst in der neuen Wohnung zu öffnen.

Sie weinte, als sie es ausgepackt hatte, und doch freute sie sich. Frau Salzmann hatte ihr das kleine Bild mit dem Stieglitz eingepackt. Es würde Johanna von nun an begleiten.

Ja, ihre Kindheit war zu Ende.

Ein kleiner Bruder wurde geboren, der Walter genannt wurde, nach Elisabeths Vater, und den Johanna sehr liebte. Sie war jetzt nicht nur in der Schule sehr gefordert, sondern musste auch zu Hause helfen.

Mit Elisabeth kam sie gut zurecht.

Zum Malen blieb wenig Zeit. Dennoch entwickelte sie sich weiter. Füllte ihre Mappe.

Als sie dem Vater nach dem Abitur sagte, sie wolle gern Kunst studieren, bekam er einen Wutanfall. Das

könne sie tun, aber ohne seine Unterstützung. Er be-
trachte sie dann nicht mehr als seine Tochter.

Als er sich beruhigt hatte, schlug er vor, sie solle doch
Lehrerin werden. Da bleibe ihr genug Zeit für ihr
Kunstzeugs.

Johanna gehorchte.

* * *

Hier will ich meine Erzählung über Johanna abbrechen. Johanna gab es wirklich, sie hieß jedoch anders. Einige der oben erzählten Details sind der Realität entnommen:

Dass die Mutter die Familie verlassen hat, als die Kinder noch klein waren.

Dass der Vater (den Johanna sehr liebte) streng, ja diktatorisch war. Dass er den Kindern unter Androhung der Verstoßung untersagt hat, mit der Mutter Kontakt aufzunehmen.

Dass Johanna künstlerisch sehr begabt war.

Dass sie Abitur gemacht hat und dann Lehrerin geworden ist.

Ein wenig soll berichtet werden von ihrem weiteren Lebensweg.

1942, nach einjähriger Ausbildung an der Lehrerbildungsanstalt Hannover, wurde die Neunzehnjährige an eine Dorfschule in Norddeutschland geschickt, in der Nähe von Rotenburg/Wümme. Da sie ihr politisches Desinteresse während der Ausbildung nicht kaschiert hatte, erschien sie als unwürdig, mit einer Stelle in den neuen Gebieten im Osten belohnt zu werden. An dieser

Dorfschule unterrichtete sie die "Kleinen", also die Schüler der 1. bis 4. Klassen.

Obwohl Krieg war, erlebte sie die wenigen Jahre in Norddeutschland als die glücklichste Zeit in ihrem Leben, von der sie immer wieder gern erzählte.

Ihr Lehrerinnendomizil im Schulhaus war primitiv - ohne Wasseranschluss, ohne Toilette. Es gab eine Pumpe im Hof und ein Klohäuschen etwas entfernt. Geheizt wurde mit Torf.

Es gab aber auch eine Bauersfamilie, die sie "adoptierte": Nach einigen Monaten im Dorf kam eines abends einer ihrer kleinen Schüler und sagte, sein Opa wolle, dass sie "mal rüberkomme". Das tat sie. Der Großvater lehrte sie das niederdeutsche Platt sprechen und verstehen - "Du tschast nu woll fix Platt snacken leern, min Deern, süss geiht dat nich mit de Kinners!" In der Tat klappte es im Unterricht besser, als sie Platt gelernt hatte. Sie hat es nie verlernt!

Von der Großmutter lernte sie, Wolle zu spinnen und zu stricken.

Die Bauersleute werden wohl auch schon dafür gesorgt haben, dass sie nicht hungerte.

Am glücklichsten war sie, wenn sie Ausflüge ins Moor machen konnte. Mit dem Fahrrad war sie mobil genug. Die Freude an der reichen Pflanzen- und Vogelwelt tröstete über berufliche Schwierigkeiten hinweg. Die

Moorlandschaft mit Wollgras, Heide und Birken war ihr Paradies.

Als Hamburg brannte, war der Feuerschein auch dort im Dorf noch zu sehen.

Als der verbliebene Kollege eingezogen wurde, wurde ihr der gesamte Schulunterricht aufgebürdet. Da sie eine pflichtbewusste Person war, bemühte sie sich, die Arbeit zu schaffen - bis sie eines Tages während des Unterrichts zusammenbrach und ins Krankenhaus gebracht wurde. Sie musste die Arbeit aufgeben. Ihre Eltern holten sie nach Hause. Der Vater schimpfte, weil sie es nicht geschafft habe, mit ihren Kräften vernünftig hauszuhalten.

Nach Ende des Krieges hatte sie noch einmal Kontakt mit ihrer leiblichen Mutter, hatte gehofft, mit ihr leben zu können. Der Vater sagte sich daraufhin von ihr los. Das Zusammenleben mit der Mutter ging nicht gut. Ein paar Jahre lang versuchte sie, als Kunstgewerblerin ihren Lebensunterhalt zu verdienen. Der Ertrag war so gering, dass sie trotz aller Bescheidenheit davon nicht leben konnte. Also versuchte sie, wieder im Schuldienst unterzukommen. Es gelang. Der Vater war versöhnt. In den Folgejahren arbeitete sie dort, wo sie am liebsten war: an Dorfschulen.

Aufgrund ihrer nur kurzen Ausbildung fühlte sie sich
unsicher als Lehrerin und war überaus dankbar für jede
Hilfe und Unterstützung, die ihre Kollegen ihr zu geben
bereit waren. Überhaupt war sie ein unsicherer Mensch,
scheu, immer darauf bedacht, nur nichts Ungehöriges
zu tun oder zu äußern. Sie war extrem kontaktscheu,
zurückhaltend. Sie ist verklemmt, spöttelten manche.
Hatte sie Angst vor Menschen? Für jede Freundlichkeit
war sie dankbar.

Mit Kindern kam sie wunderbar zurecht. Sie war zuge-
wandt, sanft, niemals laut. Geduldig und liebevoll. Wollte sie die Liebe, die sie als Kind nicht bekommen hatte,
nun den ihr anvertrauten Kindern zuteil werden lassen?
Weil sie wusste, wie bitter eine Kindheit ohne die er-
sehnte Liebe ist?

Ihre Freunde beschenkte sie mit bezaubernden künstle-
rischen Arbeiten: mit zarten Scherenschnitten oder
anderen aufs Feinste ausgestalteten Papierarbeiten,
mit Gemaltem, Geschriebenem oder Geschnitztem, mit
selbstverfertigten Büchern, deren Einbände sie aus be-
sticktem Leinen herstellte.

Ihren ausgeprägten Sinn fürs Ästhetische, für Schönes,
aber auch für die Natur hat sie wohl auch "ihren"
Schulkindern vermittelt. Eine ihrer ehemaligen Schüle-
rinnen, um die sich Johanna als Lehrerin besonders
bemüht und die sie auch später als alleinerziehende

Mutter unterstützt hatte, hat sich in den letzten Lebens-
jahren dankbar um die alte Lehrerin gekümmert. Jo-
hanna lebte fast bis zum Schluss in ihrer Wohnung.
Einen Sturz, der Knochenbrüche zur Folge hatte und
einen Krankenhausaufenthalt nötig machte, konnte sie
nicht mehr verkraften. Ihre getreue Schülerin war auch
in diesen letzten Tagen um sie. Sie starb im Kranken-
haus, 91 Jahre alt.
Johanna sei in den letzten Tagen sehr sehr unruhig ge-
wesen und habe so entsetzlich geschrien, dass man es
kaum habe ertragen können.
Welcher Schmerz mochte das gewesen sein, den diese so
zurückhaltende, scheue Frau vor ihrem Ende denn doch
hatte loswerden müssen?